Future Fiction

Collana diretta da

Francesco Verso

FADI ZAGHMOUT

Paradiso in terra

traduzione dall'arabo di Roberta Loi

Associazione culturale Future Fiction
Via Valentiniano 40 – 00145 Roma
P. IVA 15586791004
ISBN: 9788832077759

Prima edizione in lingua araba con il titolo "جنّة على الأرض" pubblicata da Dar Al Adab, Beirut, 2014.

Titolo: *Paradiso in Terra*
ISBN: 9788832077759

© 2023 Future Fiction, Roma
I edizione, maggio 2023
Email: info@futurefiction.org

Durante il mio soggiorno a Chicago nel 2010, un amico mi chiese di prendere l'ultimo numero della rivista GQ. Mentre sfogliavo le pagine nella mia camera d'albergo, mi imbattei in un articolo intitolato "Presto gli esseri umani potrebbero vivere più di 1000 anni", contenente un'intervista a Aubrey de Grey, un famosissimo gerontologo inglese che aveva elaborato un piano per sconfiggere l'invecchiamento. Rimasi colpito da questo concetto, perché avevamo sempre accolto la morte di vecchiaia come una parte inevitabile della vita. In ogni caso, questo articolo mi infuse speranza, e iniziai a riflettere sul potenziale impatto che avrebbe potuto avere sulle nostre società, etica e vita quotidiana. *Il mondo sarebbe davvero un posto utopico se potessimo sconfiggere la morte?*

Anni dopo, finii di scrivere una storia ambientata in un futuro senza vecchiaia, nonostante i numerosi ostacoli. Dopo aver pubblicato il libro, ho ricevuto molte recensioni positive dai lettori, in particolare alla luce del crescente interesse per la longevità e il ringiovanimento. Le persone hanno iniziato a mandarmi articoli riguardanti la sconfitta dell'invecchiamento, e è gratificante vedere il mio libro pubblicato in inglese e in italiano, con un sequel già pubblicato in arabo. Il mondo è cambiato, e è emersa un'intera industria volta a combattere il problema dell'invecchiamento, con molte terapie promettenti all'orizzonte.

Quando il libro venne pubblicato per la prima volta, vivevo a Dubai, e ebbi l'opportunità di partecipare a una discussione con Aubrey de Grey al Cafe Scientifique. Per me era un sogno diventato realtà incontrare l'uomo che immaginava una vita più lunga, indefinita. Lo ringraziai per avermi ispirato a scrivere il libro, e più tardi gli chiesi se fosse interessato a scrivere un trafiletto per la traduzione inglese, cosa che fece. Dedico questo libro a lui, per la sua devozione nel salvare l'umanità dai danni della terza età.

Dedico questo libro anche ai miei genitori, il cui amore ha fatto nascere in me il gran desiderio di vederli ritornare giovani quando queste tecnologie saranno disponibili. Purtroppo, mio padre è scomparso due anni fa a causa del CO-VID-19, e sogno un giorno in cui la scienza sarà capace di far rivivere i morti. Infine, voglio dedicare questo libro ai miei cari, alla mia famiglia, e agli amici stretti. Spero che l'idea di una vita più lunga porti felicità a coloro che tengono alla loro esistenza in questo pianeta, anche se potrebbe non portare necessariamente alla realizzazione di tutti i nostri sogni.

La vita continua a tenermi a distanza. Si rifiuta di abbracciarmi, proteggermi, cingermi tra le sue braccia e difendermi. Il mondo ignora me e le mie necessità. Finge di non vedere la mia nostalgia per quei giorni che, nei miei ricordi, erano più benevoli, per quei tempi lontani, privi di periodi tanto ostili. Sono abituata alle sorprese della vita e alla sua follia, alle sue gratificazioni e punizioni. Eppure, continuo a percepire la sua freddezza; è come se provenissi da un altro luogo, da un altro mondo. Nonostante io ci abbia vissuto, mi sia aggrappata al suo suolo e abbia respirato la sua aria, questa vita mi sembra una terra straniera.

Da un lato, la vita è stata molto generosa con me; dall'altro, mi ha sottratto tutte le cose e le persone che mi erano care. A volte dona senza chiedere nulla in cambio, altre volte è lei a prendere da me senza pagare. Mi spazza via con i vortici del suo tempo; quel tempo limitato che ormai mi sembra troppo breve, e la cui fine adesso mi fa paura. Con il suo solito sadismo, la vita ha distorto e trasfigurato il tempo, servendosi del progresso scientifico. Voleva che fosse lungo e crudele, senza una fine tangibile che la mente potesse comprendere, o senza che il cuore avesse un chiaro punto di riferimento. La fine è sempre stata prossima, distante soltanto poche ore; adesso invece è lontana, oltre i confini dell'immaginazione.

I rintocchi del tempo non avevano pietà di me, risuonavano nelle mie orecchie tra le note della canzone per la festa di compleanno di mio fratello Jamal e lo sfarfallio delle candeline sulla torta. Un compleanno che si ripresentava identico ogni anno da decenni. Davanti a me c'era il fragile corpo di Jamal, a ricordarmi che il tempo passava in fretta. I volti radiosi della sua famiglia, dei figli e dei nipoti, erano riuniti attorno a quell'immagine, mentre lui era seduto al centro del tavolo, dietro la torta. Il pallore sempre più accentuato del suo volto era un chiaro segno che la vita stava abbandonando il suo corpo. Eppure, ogni volta sorrideva felice mentre tutti cantavano per festeggiarlo.

Le loro voci si erano elevate all'unisono per cantare: "Tanti auguri a te, tanti auguri a te, tanti auguri a Jamal, tanti auguri a te."

Avevo alzato voce durante l'ultima parte, e invece di dire: "A te," avevo detto, "A Jamal." Gli avevo sorriso quando i nostri sguardi si erano incrociati. Avevo applaudito calorosamente alla fine della canzone e mi ero avvicinata a lui. L'avevo abbracciato e gli avevo baciato il capo sussurrando: "Ti auguro altri anni di salute, tesoro," nonostante sapessi che gli rimaneva ormai poco tempo e che il momento della sua dipartita si stava avvicinando.

Non gli avevo detto: "Ti auguro di arrivare a cent'anni," perché ci era già arrivato, e perché questo augurio aveva già perso il suo significato. Ormai quel traguardo non rappresentava più un obiettivo ambizioso per le persone della nostra epoca. Gli stavo per dire: "Ti auguro altri mille di questi giorni," ma poi mi ero trattenuta perché sapevo che aveva sopportato le difficoltà della vecchiaia con una determinazione straordinaria e stava attendendo impaziente la morte.

Jamal aveva avuto due figli, tre nipoti maschi, e una pronipote femmina, la più piccola. Erano tutti presenti alla festa che gli avevo organizzato, tranne la sua ex moglie, Jihan, che l'aveva abbandonato quindici anni prima, dopo avere riottenuto vitalità e giovinezza.

Lo avevo lasciato alle dimostrazioni d'affetto dei suoi figli e mi ero occupata di tagliare la torta di compleanno. Avevo chiesto a mio marito Zayd di aiutarmi a distribuirla.

Avevo avuto una fitta al cuore quando avevo realizzato che la morte di Jamal sarebbe avvenuta a breve. Avevo provato un dolore più forte perfino di quello che mi aveva pervasa il giorno in cui erano morti mia madre e mio padre, perché la loro morte era inevitabile, mentre quella di Jamal poteva essere evitata.

Quando mia madre se n'era andata, dopo aver lottato tenacemente contro l'Alzheimer, nella primavera del 2022, non avevamo i mezzi per contrastare questa malattia e la sua brutalità. E quando la morte aveva portato via mio padre per mano dell'angina pectoris nell'estate del 2026, l'essere umano non aveva ancora trovato una cura per le arterie deboli né per il loro logoramento dovuto al tempo. Invece oggi, il giorno del centesimo compleanno di Jamal, l'8 giugno 2091, la cura magica contro i segni del tempo era alla portata di tutti. Si trattava di una minuscola pillola dorata, che rivitalizzava le cellule del corpo e proteggeva dall'invecchiamento, dalle sue difficoltà e dai suoi mali.

La creazione di questa pillola vent'anni fa ha rappresentato una vittoria incredibile per l'umanità. La sua comparsa non è stata una sorpresa, perché era frutto della continua evoluzione delle biotecnologie e dello sviluppo delle cure contro le malattie legate alla vecchiaia. Tutto ciò ha poi portato alla sintesi di una pillola dorata contenente migliaia di nanobot in grado di potenziare le difese immunitarie degli esseri umani e di fornire tutto il necessario affinché le cellule del corpo si mantenessero nella loro forma migliore.

La mia lotta contro la malattia di Jamal non era una lotta contro la conoscenza o il potere della scienza, bensì contro principi e valori. Nulla mi impediva di proteggerlo, di tenerlo al mio fianco, in questo mondo, a parte i suoi valori e le sue fantasie sulla morte. Fantasie nelle quali la vecchiaia, le malattie e il declino sfociavano nella morte, per lui simbolo di pace, libertà e felicità, in un aldilà in cui credeva in modo risoluto e che desiderava ardentemente.

Sentendo le lacrime rigarmi le guance, avevo preferito farmi da parte e ritirarmi in cucina per non rovinare l'atmosfera felice del compleanno. Avevo portato con me alcuni piatti e mi ero tenuta occupata lavandoli.

Quand'ero tornata, erano tutti seduti in silenzio a guardare una serie di vecchie foto che Khalid, il figlio maggiore di Jamal, aveva raccolto per l'occasione.

Nella prima foto mostrata da Khalid c'erano Jamal e Jihan nella limousine che li aveva accompagnati la prima notte di nozze, nell'agosto del 2015.

Si vedevano gli interni della limousine, e i due sposini che si abbracciavano. Jamal aveva un ampio sorriso stampato in viso e con un braccio cingeva il collo di Jihan in modo buffo, nascondendo il vero sentimento che si celava dietro il gesto: poteva essere amore intenso o rancore! Al contrario, Jihan sembrava soffocare, cercava di sorridere di fronte al fotografo senza far capire se fosse realmente stordita a causa di Jamal oppure no.

Jamal sembrava a proprio agio nel suo abito da sposo, con le fossette in bella vista e i capelli neri perfettamente acconciati. Jihan, invece, sembrava quasi un clown; come al suo solito, aveva esagerato con il trucco anche nel giorno delle nozze.

La cosa strana era che, pure dopo essere tornata giovane, non somigliava per niente a quella foto, scattata quando era stata giovane per la prima volta.

Jamal aveva sospirato quando aveva posato gli occhi sulla foto. Dopo aver fatto un respiro profondo, aveva ripetuto con voce a malapena udibile il famoso verso del poeta Abū l-ʿAtāhiya: "Se un giorno la giovinezza dovesse tornare, le racconterei ciò che ha fatto la vecchiaia."

Stavo per digli che avrebbe potuto far tornare la sua giovinezza se l'avesse voluto, ma mi ero trattenuta.

La sua pronipote l'aveva salvato dal mio intervento, facendone uno lei: "E io sono l'ultimo frutto di quell'amore."

Erano scoppiati tutti a ridere, e quella foto era stata sostituita da un'altra, che ci aveva trasportati nell'estate del 2052.

C'eravamo io e Zayd, Jamal e Jihan, e Khalid e sua moglie Mira. Eravamo attorno a Sabbuha[1] sul palco durante il festival musicale di Jerash. In linea con il suo stile, Sabbuha indossava un appariscente abito intarsiato di innumerevoli gemme e impreziosito da vistosi fili d'oro lucenti. I suoi capelli biondi formavano una chioma folta, conferendole un'aura che mi ricordava la dea del Sole.

Io e Jihan sembravamo più grandi di Sabbuha, nonostante fossimo ben più giovani di lei, perché aveva deciso di recuperare la sua giovinezza quando le procedure necessarie erano ancora complesse e costosissime. Avevamo cinquantotto anni, eppure Jihan aveva più rughe in viso della cantante!

La moglie di Khalid ha commentato la foto sogghignando: "Pare che sia caduta in depressione dopo l'ultimo divorzio, secondo quanto dice la rivista *Sayadati*."

Khalid ha cambiato foto.

Non so perché avesse scelto questa, ma eravamo finiti a guardare una scena risalente al febbraio del 2072. Era una foto orribile, raffigurante me e Zayd tutti ingobbiti, accovacciati. I capelli radi ci coprivano a malapena il capo, e la

---

1 Si tratta della famosa cantante libanese Sabah, conosciuta anche come *Sabbuha*.

pelle flaccida ci pendeva dalle guance. Zayd si reggeva sul suo bastone, mentre io avevo un bicchiere d'acqua nella mano sinistra e la pillola dorata di eterna giovinezza nella destra, come una dea che gli stesse offrendo le prime gocce dell'acqua della vita.

Ricordo che c'era stata una gioia indescrivibile quel giorno, il giorno in cui avevamo ingoiato la prima di quelle pillole dorate. In precedenza, altri avevano reclamato il ritorno alla giovinezza, e noi morivamo dalla voglia di sperimentare quella sensazione dopo essere stati prosciugati dalla vecchiaia.

E tuttora, non riuscivo a capacitarmi degli effetti prodigiosi di quella pillola che ci aveva restituito la nostra gioventù nel giro di pochi mesi. Era come se mi avesse risvegliata da un brutto sogno e avesse fatto affiorare sensazioni che avevo dimenticato con l'avanzare del tempo.

Ricordavo chiaramente i primi giorni in cui avevo riacquisito la mia forza fisica, mi sentivo esattamente come quando ero adolescente. Giorno dopo giorno riottenevo forma, splendore e femminilità. Così come durante la mia prima adolescenza lo sviluppo del seno e l'aumentare dell'altezza mi avevano riempita d'orgoglio, questa seconda trasformazione mi aveva riempita di felicità e di un desiderio ardente di godere del mio corpo e di quello di mio marito.

La foto era cambiata di nuovo, facendoci ritrovare nel dicembre del 2080.

Avevo guardato l'immagine che ritraeva me e Jamal. Eravamo nel reparto di neonatologia per la nascita della pronipote di Jamal. C'era una differenza abissale tra il mio fisico in questa foto e quella che avevamo visto prima, così come c'era un'enorme differenza tra la figura di Jamal nella foto precedente con Sabbuha e questa. Sul volto di Jamal c'era un grande sorriso mentre teneva in braccio la pronipote con mani tremanti, e io gli stavo accanto, preoccupata che potesse cadergli.

"Chi sarà mai quella bambina così dolce?" aveva chiesto scherzosamente la pronipote.

Sua madre l'aveva stretta al petto e aveva risposto: "Chi, se non tu, amore mio?"

La pronipote aveva riso e aveva fatto un paragone tra lei e Sabbuha: "Praticamente abbiamo visto la persona con più anni e quella con meno anni del pianeta Terra."

L'ultima fotografia che ci aveva mostrato Khalid era la più bella. Aveva inciso un solco profondo nella mia anima.

Si trattava di una scena di tanto tempo prima, risalente al marzo del 1992. Jamal aveva meno di un anno e stava iniziando a fare i primi passi. Aveva le gambe e le cosce paffute come un lottatore di sumo, e la bocca e il bavaglino erano ricoperti di una quantità enorme di cioccolato.

Nella foto, mia madre era accucciata dietro di lui e lo circondava con le braccia, pronta a prenderlo se fosse caduto.

Il mio cuore ha sussultato.

Quanto eri bella, mamma! Quanto eri bella da giovane... E quanto eri felice in quella foto! Eri tutta vita, energia, forza e amore. Quanto è stato tiranno quel destino che ti ha portata via da noi senza darti la libertà di decidere se rimanere o no!

Saresti rimasta o te ne saresti andata come vuole fare Jamal? Forse la tua presenza sarebbe stata sufficiente a convincerlo a rimanere! E forse sarebbe stata sufficiente per far restare anche papà, per farci restare qui, tutti insieme, più a lungo, vivendo una vita felice, piena del tuo amore, del tuo affetto e della tua gentilezza.

Quanto fanno male i ricordi!

Quella carrellata di foto che ci ha mostrato Khalid era stata pesante, mi aveva sfinita. E aveva sfinito anche Jamal, che aveva chiesto ai suoi figli di accompagnarlo a letto per riposare.

Alcuni minuti dopo il ritiro in camera di Jamal, Khalid era tornato dicendomi che Jamal aveva una cosa importante da chiedermi. Allora mi ero precipitata nella sua stanza, domandandomi preoccupata di cosa volesse parlarmi.

2. La legge

Ero entrata silenziosamente nella stanza di Jamal e avevo chiuso la porta dietro di me. Avevo raddrizzato la schiena e avevo cercato di apparire vivace mentre mi avvicinavo a lui. Gli avevo chiesto: "Sei stanco?"

Aveva annuito, allora lo avevo incalzato: "Non hai intenzione di cambiare idea?" e, posandogli la mano sulla fronte, avevo aggiunto: "per me?"

Aveva scosso la testa, come ogni volta in cui lo avevo pregato di rimanere con noi.

Ho provato spesso a convincerlo, in svariati modi. Davanti a lui, avevo sempre accentuato la mia felicità per il fatto di essere tornata in forma smagliante.

Una volta, avevo avvicinato la mia testa alla sua. Avevo uno specchio in mano. L'avevo messo di fronte a noi e avevo paragonato la purezza della mia pelle, priva di qualsiasi segno del tempo, con la pelle cadente del suo viso e le sue labbra assottigliate. Gli avevo baciato la fronte e gli avevo detto che la giovinezza era a portata di mano, se l'avesse voluta.

Qualche istante dopo, mi ero pentita di averlo fatto e me l'ero presa con me stessa per essermi vantata in quel modo. Come avevo potuto farlo sentire così debole? Mi odiavo quando mi rendevo conto di peggiorare ciò che era già difficile per lui.

Allo stesso modo, in quel momento, mi ero subito pentita della mia domanda irruenta, perché non volevo infastidirlo proprio la sera del suo compleanno. Non volevo accanirmi contro di lui, per cui mi ero sforzata di accettare la sua volontà.

Mi ero avvicinata a lui per dargli supporto morale, complimentandomi per il suo coraggio e la sua forza. Gli avevo mostrato la mia sofferenza e la difficoltà di affrontare il peso dell'esistenza e gli ostacoli della vita. Gli avevo sussurrato all'orecchio: "Sai, Jamal, tu sei forte... non come me, che sono una codarda. Non ho il coraggio che hai tu di lasciarti il mondo alle spalle."

Dopo aver fatto una pausa, avevo aggiunto una riflessione: "Forse non sono saggia quanto te, e non riesco a lasciare che la natura faccia il suo corso e si sbarazzi di me."

Avergli mostrato la mia fragilità l'aveva fatto commuovere, facendo sì che anche lui mi mostrasse la sua. Mi aveva aperto il suo cuore, confessandomi la sua paura di abbandonare questo mondo: "Janna, sai che credo nel giudizio di Dio. Forse non lascio trasparire quanto sia impaurito, ma dentro di me sono terrorizzato."

Mi aveva detto che ero io a rendere più difficile la sua dipartita, e aveva cercato di rassicurarmi e incoraggiarmi. Aveva mormorato parole esitanti, in tono appena udibile: "Tu sei forte, Janna, non io. Sei tu quella forte, perché ti aggrappi al mondo. Io ne ho abbastanza. Sono stanco."

Aveva provato a consolarmi ulteriormente citando mio padre: "Ricordi cosa diceva sempre papà? *Buona e cattiva sorte non esistono, siamo tutti sottomessi alla volontà dell'Onnipotente.*"

Eravamo rimasti in silenzio, prendendo consapevolezza dei nostri desideri contraddittori e della nostra impotenza di fronte a ciò che l'altro considerava libertà. Aveva interrotto il silenzio con una domanda improvvisa su Jihan: "Dov'è Jihan? Perché non è venuta? Non l'hai invitata?"

La sua domanda mi aveva colto alla sprovvista, quindi avevo cambiato subito discorso per non farmi prendere dalla rabbia: "Ti sono piaciute le foto che ha scelto Khalid?"

Mi rattristavo sempre quando non riuscivo a controllarmi e gli urlavo contro in risposta al suo silenzio. E trovavo difficile trattenere la rabbia quando mi accorgevo che la amava e la desiderava ancora, nonostante lei avesse sempre provato a gestire gli assetti familiari e fossero separati da diversi anni. Sembrava aver dimenticato che lei l'aveva lasciato e aveva posto fine al loro matrimonio, rifiutandosi di stargli accanto durante la vecchiaia e la debolezza. L'aveva lasciato a me affinché me ne prendessi cura nei suoi giorni peggiori, dopo essersi presa i suoi anni più belli.

Continuavo a maledire il giorno in cui l'avevo portata a casa all'inizio del mio corso di laurea in giornalismo, e mia madre aveva continuato a maledirlo anche dopo anni dall'inizio della sua graduale perdita di memoria. Forse era uno di quei momenti cruciali che si rifiutava di lasciar sfuggire dalla sua coscienza. Ripeteva sempre con tono sofferente: "Che Dio ti perdoni, Janna."

Il giorno del loro primo incontro, Jamal, un allegro ragazzo di ventidue anni, era rimasto dietro la porta di casa, affascinato da quella ragazza. Era come se avesse visto una delle vergini del paradiso[2], scolpita dal destino per privare Jamal della ragione. Ricordavo ancora come se fosse stato ieri il modo in cui balbettava quando gliel'avevo presentata come collega dell'università. Non avrei mai potuto dimenticare quant'era nervoso, e come si era scusato per la canottiera di cotone e i pantaloncini striminziti che indossava sempre quando era casa.

Si era seduto con noi a pranzo, anche se non era solito farlo, e si era mostrato alquanto ospitale. Non avevamo idea che fosse capace di esserlo. E quando lei si stava preparando per andarsene, si era subito offerto di riaccompagnarla a casa, nel

---

2 La tradizione coranica narra che si tratta di uno dei premi riservati ai credenti virtuosi in Paradiso.

quartiere di al-Jubayhah, con la Mercedes, al tempo nuova di zecca, che aveva chiaramente attirato l'attenzione di Jihan più dell'intera esistenza di Jamal.

In sintesi, lui aveva perso del tutto la testa fin dal loro primo incontro.

Da allora, ho sempre saputo che lei lo aveva del tutto stregato, e ne ho avuto la prova in quel momento.

La *diavolessa*, come la chiamo io, l'aveva ammaliato fin dal primo istante, senza nemmeno accorgersi della sua presenza. Potrei azzardarmi a dire che non si è mai accorta della sua presenza, neanche dopo oltre cinquant'anni di matrimonio. Per lei, lui era come qualsiasi altra cosa della sua vita, un oggetto da usare a suo piacimento e tramite cui migliorare la sua condizione. Le importava degli affari di Jamal solo quando riguardavano anche lei, e lo denigrava quando ostacolava i suoi obiettivi. E così, Jamal, medico, specialista in malattie genetiche, ricco, di buona famiglia, rispettabile agli occhi di amici e conoscenti, era diventato lo stesso che non sapeva come indossare la camicia, né decidere cosa mangiare, senza l'approvazione di Jihan.

Nonostante i suoi aculei fossero diventati meno appuntiti con l'avanzare dell'età, si era precipitata a prendere la pillola dorata senza discuterne con il marito né con i figli. Nel giro di pochi mesi era tornata giovane, forte e arrogante, come e più di prima.

Eravamo soliti ridere di Jamal, e continuavamo a ricordargli che non aveva problemi a prendere la pillola blu quando ne aveva bisogno, quindi perché fare distinzioni tra le pillole e disprezzare quella dorata?

Quanto alla diavolessa, non disprezzava nessuna pillola che incrementasse la sua forza. Ma avrei messo sul fuoco il pollice, il mignolo, l'anulare, e tutte le dita di entrambe le mani, che aveva perso la testa quando era tornata giovane.

Era come se la necessità di attirare l'attenzione degli altri su di sé che aveva da ragazza fosse stata elevata al quadrato, anzi al cubo. Il trascorrere del tempo non era riuscito a risolvere i suoi complessi d'infanzia, non importava quanto curasse il suo aspetto o cambiasse i suoi lineamenti. A mio modesto parere, il bisogno di suscitare l'interesse di chi le stava intorno era dovuto alla perdita di suo padre in tenera età, che con gli anni l'aveva fatta diventare una creatura spregevole, capace di farsi notare solo imponendo il proprio volere e vantandosi di ciò che aveva.

Ebbene, dopo essere tornata giovane, aveva iniziato a indossare vestiti eccessivamente appariscenti che lasciavano poco spazio all'immaginazione e a mettersi sul viso chili di cipria e trucco. Sembrava che volesse dire a chiunque avesse davanti a sé: "Guardami, sono un clown." Forse non eravamo più capaci di capire quali fossero i suoi veri lineamenti proprio per via dell'aspetto da clown che la contraddistingueva. Il naso all'ultimo grido, la forma innaturalmente perfetta delle labbra, e gli zigomi più prominenti di quelli che si vedono nelle riviste di moda, erano diversi tanto quanto lo sono il giorno e la notte.

Però mi chiedevo: era saggio mettere a disposizione dell'intera umanità il trattamento per l'eterna giovinezza senza alcun criterio e senza eccezioni? Era giusto concederla equamente a chi aveva una mente acuta e a chi non ce l'aveva?

Non era sbagliato perdere persone belle come Jamal, mentre quelle odiose come la diavolessa rimanevano in questo mondo?

E quali sarebbero state le conseguenze nel lungo periodo in una società che continuava a credere nelle ricompense e nelle punizioni divine? Le persone buone desideravano ricevere le loro ricompense nell'aldilà, mentre quelle cattive si aggrappavano a questo mondo e rimanevano tra noi per fuggire dalle punizioni.

Perché ci era così difficile convincere le persone di buon cuore a rimanere? E perché le invenzioni dell'uomo continuavano a favorire le persone prive di gentilezza, umanità e compassione nei confronti degli altri?

Come potrebbe diventare questo mondo tra qualche secolo se tutte le anime buone e belle continueranno ad andarsene?

Ma basta con il mio pessimismo. Dopotutto, nel corso della storia l'essere umano è sempre stato capace di gestire il suo lato oscuro, nonostante quest'ultimo sia cresciuto e abbia lasciato cicatrici indelebili nelle pagine della storia. Magari ci vorrà un po' di tempo, ma se riuscissimo a far restare gli illuminati, forse loro potrebbero indicare la retta via a chi, tra noi, l'ha persa. Se un secolo non è bastato a limare i difetti della diavolessa, forse nel giro di qualche secolo si potrà trovare una soluzione per chi ha un carattere come il suo.

Qualche secolo? Io e lei? Sulla stessa terra! Giammai.

Se solo fossi riuscita a convincere Jamal!

Se solo fossi riuscita a convincerlo a rimanere!

Comunque, avevo capito che sarebbe stato impossibile persuaderlo quando scoprii scoperto la ragione per cui mi aveva chiamata. Non voleva chiedermi di Jihan, ma raccontarmi della nuova proposta di legge in discussione in Parlamento.

Il Parlamento stava valutando di rendere obbligatoria l'assunzione della pillola per l'eterna giovinezza per coloro che avevano biologicamente più di sessant'anni e diminuire la loro età. La legge rispecchiava il cambiamento di prospettiva dell'opinione pubblica, per la quale l'invecchiamento era ormai una malattia curabile, e non più una condizione naturale inevitabile. Le ragioni erano puramente economiche: questa legge avrebbe fatto risparmiare allo stato tutti i soldi destinati alla cura degli anziani, che tra l'altro non contribuivano più alla crescita economica del paese.

Poco tempo prima, gli scrittori finanziati dal governo avevano fatto a gara per promuovere la legge facendo leva su un'idea che aveva iniziato a farsi strada tra laici e religiosi, cioè che rifiutarsi di sottoporsi alle cure disponibili equivaleva al suicidio, era un peccato sociale. Al contrario, alcuni scrittori e pensatori indipendenti avevano portato avanti una discussione sulle libertà personali e sul diritto individuale di scegliere tra la vita e la morte, a prescindere dai bisogni della società.

Jamal aveva già scelto la morte, e aveva sopportato il dolore per diversi anni. Il suo più grande sogno rischiava di essergli portato via, e lui sarebbe stato rinchiuso in un mondo nel quale non voleva stare.

Ero rimasta di sasso quando si era messo a piangere. Mi aveva letto la pagina del quotidiano. Tremava e aveva la voce spezzata. Mi aveva pregato ardentemente: "Janna, tu puoi farti sentire. Ti prego, opponiti a questa legge." Mi guardava con una forza che non si addiceva al suo corpo e alla sua mente, non per come ero abituata a vederlo nell'ultimo periodo. Poi aveva aggiunto: "Voglio andarmene. Non ce la faccio più."

In quel momento, avevo capito che i suoi giorni erano davvero contati, e che era seriamente pronto ad andarsene. Gli avevo preso la mano per assicurargli che avrei fatto di tutto affinché potesse realizzare il suo desiderio, ma nello stesso istante il mio cuore era stato assalito dal panico all'idea della sua dipartita. Nessuno poteva assicurarmi che sarei sopravvissuta senza Jamal.

Ero lì, con le mani legate di fronte alla sua determinazione e alla sua testardaggine. Ero impotente di fronte all'ingiustizia della vita, come lo ero sempre stata, e lo come sarei stata fino a quando la vita me lo avesse consentito.

3. Ritorno all'infanzia

A volte ho l'impressione che l'essere umano sia come un bambino, capace di distruggere qualsiasi cosa gli capiti a tiro. Strappa i capelli delle bambole perché non capisce il motivo della loro esistenza, mette in bocca le loro teste perché crede che siano caramelle, ne lacera i vestiti, le riduce a bastoncini, per poi sbarazzarsene con irritazione quando si stanca di loro e non ne trae più divertimento. Figuriamoci se si trovasse improvvisamente davanti alla scoperta più importante nella storia dell'umanità! La trasformerebbe in un gioco, lasciandola in balia della sua mente limitata. Come potevamo comprendere le innovazioni di coloro che ritenevamo esperti, in una società capitalistica in cui la curiosa natura umana aveva reso i reality show i programmi più amati in assoluto?

Il successo era garantito per questo nuovo reality show: Rinasci con un cucchiaio d'oro.

Il principio del programma era molto semplice, considerando che ormai potevamo far ringiovanire le cellule del corpo umano, o addirittura riportarle allo stato embrionale. Visto che l'essere umano amava competere e avere il controllo delle vite degli altri, e siccome c'erano numerosi poveri nel paese disposti a fare qualsiasi cosa per migliorare la propria vita, perché non prendere venti partecipanti e creare un reality per contendersi il ritorno all'infanzia, al primissimo giorno di vita?

Il programma si basava sui voti dei telespettatori: il giovane più amato avrebbe vinto un premio di cinquanta milioni di dinari, con i quali avrebbe potuto vivere di rendita per più di duecento anni!

Io e Zayd non vedevamo l'ora di goderci la prima puntata quella sera, visto il gran parlare che ne aveva fatto la stampa. Eravamo esausti dopo una lunga giornata di lavoro, e non avevamo voglia di una cena in grande, per cui avevamo optato per del pane con il *labneh* e una tazza di tè ciascuno. Jamal non riusciva a rimanere sveglio, quindi era andato a letto presto, sostenendo che avrebbe potuto aspettare e recuperarlo l'indomani mattina.

Il programma era iniziato dopo circa mezz'ora di pubblicità. Ormai erano venuti meno sia il valore del tempo che il rispetto per il pubblico!

Dopo la sigla iniziale, la presentatrice libanese aveva dato il benvenuto al pubblico, descrivendo il programma e il grande sogno dei concorrenti *coraggiosi*, come li aveva chiamati lei. I concorrenti avevano cominciato a uscire uno alla volta, ciascuno accompagnato da un breve video introduttivo in cui erano riassunte le difficoltà delle loro vite: Salma, Diana, Omar, Qwaydar, Bashar, e così via. I concorrenti, dalle età più disparate, erano tutti poveri e non avevano mai preso la pillola dorata – come prevedevano le regole del programma.

Tra un concorrente e l'altro, facevano vedere il cartone di un bambino sorridente con in mano un enorme cucchiaio d'oro, che sventolava con entusiasmo, per poi chiudere in bellezza ridendo mentre faceva uno stupido occhiolino, chissà a quale scopo.

Salma, che aveva precisato di essere di Russeifa, era stata la prima ad apparire sullo schermo, con la schiena curva, i capelli bianchi e i vestiti consunti. Rivolgendosi al pubblico, aveva detto: "Il giorno in cui sono nata, mio padre è stato coinvolto in un incidente stradale, rimanendo paralizzato. Mia madre non ha mai lavorato. Morivamo di fame. Eravamo giovani. Speravamo che i vicini provassero pena per noi e ci dessero da mangiare. Quando papà è morto, mamma è scomparsa. Se n'è andata, abbandonando me e mia sorella. Eravamo ancora piccole. L'unico modo che conoscevamo per sopravvivere era tendere le mani ai passanti per strada e pregarli di aiutarci."

Salma aveva rivolto lo sguardo al pubblico in studio, commosso dalle sue parole. Aveva fatto qualche passo in avanti e aveva continuato: "Spero che voi mi aiutiate, oggi, dandomi una nuova occasione in questo mondo. Così, forse, potrò vivere una vita migliore, come quella che vedevo vivere alle persone che mi aiutavano."

Nonostante fossi curiosa di vedere come funzionasse il programma, il concept mi aveva turbata ancora prima che iniziasse. Come si permettevano, i produttori, di usare le difficoltà dei concorrenti in quel modo ignobile?

Non riuscivo a vederci la promessa di un nuovo inizio per i poveri, ma l'uccisione di una persona adulta. Avrebbero annientato la loro identità, trasformandoli in persone totalmente diverse. Il ritorno all'infanzia, come lo conosciamo oggi, cancella i ricordi. Questi concorrenti non avrebbero rammentato nulla del loro passato, a parte i ricordi conservati nelle loro cartelle elettroniche.

"Forse per loro è meglio così? Cosa dovrebbero farsene dei ricordi delle loro vite miserabili?" aveva ribattuto Zayd, stranamente d'accordo con lo spirito del programma.

"Ma è come se li privassimo delle loro identità e li cancellassimo dal mondo," avevo replicato, pur non essendo sicura del fatto che le mie parole avessero un senso. E poi, di quale identità stavo parlando? Dell'identità da povero, forgiata dalle loro esperienze di vita e dalle loro personalità, come aveva detto Zayd? O dell'identità scelta liberamente crescendo, come avevamo fatto tutti noi prima di loro? Magari la loro identità genetica, rimasta intatta, avrebbe potuto essere rimodellata in un ambiente più favorevole e in un futuro migliore?

A riportare la mia attenzione sul programma era stato Omar, il secondo concorrente, che conoscevo dai tempi della scuola. Doveva avere non più di dieci anni, all'epoca. In quel periodo, lui e suo fratello maggiore si intrufolavano ogni giorno nel campus, carichi di gomme da masticare da vendere agli studenti.

Ricordo che inizialmente di lui mi aveva attratto l'orgoglio, nonostante la tenera età. Infatti, non accettava soldi a meno che non corrispondessero al prezzo a cui vendeva un pacchetto di gomme, anche se lo faceva pagare dieci volte tanto il suo valore reale.

Con il passare del tempo, Omar era cambiato. Era diventato piuttosto prepotente quando la sua innocenza dovuta alla tenera età era venuta meno e non poteva più aiutarlo a suscitare tenerezza nelle persone attorno a lui. Ma, grazie alla sua astuzia, aveva sostituito l'innocenza con sorrisi gentili e parole dolci.

Quando era cresciuto, il semaforo all'entrata del quartiere di Abdun era diventato suo compagno di vita. Sembrava che il suo destino e la sua vita fossero legati a quel semaforo, come lo erano stati prima a quei pacchetti di gomme che vendeva da piccolo.

Ah, ecco il semaforo nel videoclip! Hanno messo anche l'azienda di quelle gomme da masticare come sponsor ufficiale del programma!

Tutto il mondo intorno a lui cambiava, e lui rimaneva sempre lo stesso, invecchiando giorno dopo giorno, con in mano lo stesso pacchetto di gomme.

Quando avevo iniziato l'università, Omar vendeva gomme. Quando mi ero laureata, Omar vendeva gomme. Ero andata negli Stati Uniti per frequentare un master, ero tornata dopo due anni, e avevo trovato Omar a quel semaforo. Vendeva le stesse gomme. Avevo iniziato a lavorare come giornalista. Mentre facevo carriera, Omar vendeva sempre le stesse gomme, allo stesso semaforo. Avevo conosciuto Zayd, ci eravamo fidanzati e sposati. Avevo fondato una mia testata giornalistica, che era fiorita, cresciuta e morta... E Omar era sempre lo stesso. Avevo perso mia madre e mio padre, ma non passava giorno senza che vedessi Omar e il suo sorriso mattutino al semaforo. Ero invecchiata e andata in pensione, senza più le forze per uscire ogni giorno. Invece Omar, seppur vecchio e stanco, non aveva mai tradito il suo semaforo, né le gomme che addolcivano le bocche dei suoi clienti e tramite le quali poteva interfacciarsi con il resto del mondo. E, quando mi ero impossessata nuovamente della mia forza, Omar aspettava anche me, come aveva sempre fatto, al semaforo, con in mano un pacchetto di gomme!

Dopotutto, quelli come lui non meritavano forse una nuova opportunità?

Quante volte ho desiderato avere una bacchetta magica per porre fine alla sua povertà e cambiargli la vita. Era tornato quel senso di colpa che provavo ogni giorno passando per quel semaforo con la mia macchina lussuosa, mentre prendevo il pacchetto di gomme dalle sue mani.

"Che Dio le doni successo e felicità, signora Janna," pregava sempre per me.

E rispondevo, al solito: "Che Dio voglia donare a lei successo e felicità, Omar."

A quel punto, prendevo consapevolmente dal portafogli molti più soldi di quelli che valevano le gomme e glieli infilavo in mano. Lo consideravo un gesto di carità.

Le sue preghiere per me erano cambiate durante gli anni, con l'accumularsi dei segni del tempo sulla mia pelle: "Che Dio la mantenga in ottima salute per tutta la vita, Janna."

E io gli rispondevo: "Che a lei allunghi la vita e la faccia rimanere con noi, signore."

La diavolessa, ai tempi, mi rimproverava: "Non degnarlo neanche di uno sguardo, quelli come lui sono più ricchi di te e me, tesoro mio! Così li incoraggi a elemosinare."

Io non la pensavo allo stesso modo. Se fosse stato più ricco di noi, come lei sosteneva, perché avrebbe dovuto vivere elemosinando? E perché avrebbe dovuto ostinarsi a vivere una vita così difficile? Ma lei rimaneva della sua posizione: era più facile convincersi che lui fosse un ricco imbroglione, piuttosto che indigente, perché questo secondo caso l'avrebbe fatta sentire in colpa. Per lei, il mondo era pieno di avidità, cupidigia e falsità. Giustificava così la sua sete di denaro e potere.

Forse quella era la sua occasione di diventare davvero più ricco di me e lei. Ricordo che era carismatico da ragazzino, e il suo bel carattere avrebbe attirato i telespettatori e i loro voti. *Se c'è una persona che si merita una nuova opportunità, quello è sicuramente Omar.*

"Pensi che Omar possa vincere?" avevo chiesto a Zayd mentre guardavamo il programma, ma non aveva risposto. Mi ero girata verso di lui e gli avevo ripetuto la domanda: "Zayd, pensi che Omar possa vincere?"

"Zayd... Zayd..." avevo alzato la voce, perché odiavo quando mi rivolgevo a lui e mi ignorava. Mentre mi chiedevo se mi stesse davvero ignorando o fosse sovrappensiero, mi aveva risposto pacatamente: "Dio, che ne so, forse."

Avevo allungato la mano per prendere una pralina di cioccolato dal piatto sul tavolino di fronte a me. L'avevo scartata e messa in bocca, cercando di sopprimere la rabbia. Ero rimasta in silenzio per un attimo, ma non riuscivo a controllarmi. Avevo alzato la mano di fronte alla televisione per abbassare il volume, e gli avevo chiesto seccamente: "Ma dove hai la testa? Qualcosa non va?"

La mia domanda l'aveva preso alla sprovvista, e mi ha risposto subito: "No, da nessuna parte. Non c'è niente che non va," come se non fosse mai stato distratto. Poi si era alzato per andare in cucina, il che non aveva fatto altro che alimentare il mio nervosismo.

Volevo seguirlo per dirgliene quattro, ma avevo mantenuto il controllo. Avevo fatto un respiro profondo, provando a continuare a seguire lo show. Non riuscivo a concentrarmi per i nervi. I miei occhi seguivano i movimenti dei concorrenti, ma la mia mente ribolliva per la rabbia. Non era la prima volta che Zayd si comportava in quel modo. Sapeva che lo conoscevo come le mie tasche e che odiavo avere la sensazione che mi stesse nascondendo qualcosa.

Per questo non ero rimasta zitta quando era tornato dalla cucina con in mano un bicchiere d'acqua.

"Zayd... Cosa c'è?" gli avevo chiesto, questa volta con decisione e serietà.

Si era fermato davanti a me e aveva scosso la testa: "Niente, giuro... Sono solo un po' stanco."

Gli avevo lanciato una lunga occhiata, poi ho girato la faccia per non fargli vedere i miei occhi lucidi. Avevo provato a non far trasparire i miei sentimenti, e gli avevo detto: "Non sei più te stesso da un po'. Sai che odio avere la sensazione che tu mi stia nascondendo qualcosa."

Era rimasto in silenzio per un attimo, poi aveva rivolto lo sguardo verso di me e aveva affermato nuovamente che non mi stava tenendo nascosto niente. Si era voltato, dirigendosi verso il bagno. Si era fatto una doccia di mezz'ora, poi si era diretto verso la camera da letto, un po' troppo presto per i suoi standard. Mi aveva lasciata lì, insonne, con i miei pensieri. Mi sentivo confusa riguardo a noi due.

Qualcosa dentro di me voleva alzarsi e urlare, anche se avrebbe significato ingigantire la questione e creare problemi tra noi. Tuttavia, un'altra parte di me mi diceva di calmarmi e agire in maniera razionale, che era una cosa di poco conto e non meritava una reazione così spropositata. Forse aveva detto la verità e non stava nascondendo nulla.

Però la sua reazione fredda mi aveva davvero irritata, magari perché non era scaturita dal nulla, o perché si erano accumulate una serie di altre cose di recente.

Forse non era proprio esatto dire di recente. Sentivo da almeno due anni che la mia relazione con Zayd stava cambiando. Avevo cercato di rassicurarmi dicendomi che era un cambiamento temporaneo, come qualsiasi altra crisi sentimentale avvenuta nel corso della nostra lunga vita matrimoniale. Non ci eravamo di certo sposati il giorno prima, e durante la nostra relazione c'erano stati periodi difficili come quello che stavamo passando in quel momento. Di solito li affrontavamo e li superavamo.

Tuttavia, il mio desiderio interiore di porre fine a quel legame era più forte che in passato. Le voci che mettevano in dubbio la nostra compatibilità mi scuotevano come mai avevano fatto prima.

La nostra compatibilità? Ne stavo dubitando dopo così tanti anni?

Volevo vivere altri cent'anni con Zayd? E, in caso di risposta affermativa, sarebbe stato così anche per i cent'anni successivi a quelli? Era facile soffocare quelle voci quando la vecchiaia era parte dell'equazione, perché rendeva le persone bisognose e incomplete. La nostra relazione si era trasformata in affetto, più che amore. Quella compagnia piacevole era abbastanza quando la vita aveva confini precisi e la sua fine era sempre dietro l'angolo. Ma quel giorno desideravo con tutta me stessa un po' del romanticismo, della passione e del desiderio che si provavano quando si iniziava a frequentarsi.

Avevo fatto un passo indietro e mi ero chiesta: *posso vivere senza Zayd? Posso permettermi il rischio di perderlo?*

L'idea che lui sparisse dalla mia vita mi spaventava tanto quanto il pensiero di poter essere più felice con un'altra persona. Stavo vivendo un arduo conflitto interiore, di fronte al quale rimanevo inerme. Un conflitto fin troppo simile alla mia paura di scegliere la morte eterna al posto della vita eterna.

Avevo il battito accelerato e mi mancava il respiro. Mi sentivo persa, incapace di decidere della mia vita. Avevo i muscoli del petto contratti. Avevo sentito il sudore bagnarmi la fronte, e l'angoscia assalirmi, mentre pensavo alla vita e alla mia tristezza per la sua natura eterna. La vita mi aveva sussurrato la verità all'orecchio: non avrei mai avuto il coraggio di cambiare nulla.

Mi ero diretta verso la camera da letto e mi ero fermata sulla porta, scrutando Zayd. Stava russando, rannicchiato in posizione fetale sotto le coperte. Aveva le mani giunte, strette al petto come se stesse pregando, e le gambe piegate vicino al corpo, attaccate l'una all'altra.

La stessa scena che si ripeteva, sempre uguale, ogni notte. Da settant'anni.

Stavamo insieme da settant'anni. Ogni giorno ci svegliavamo insieme, facevamo colazione insieme, e andavamo al lavoro alla stessa ora. Di sera tornavamo a casa, cenavamo insieme, e dormivamo nello stesso letto. Zayd non era più il mio compagno di vita, era diventato *la mia vita*. Era la mia identità, la mia essenza. E il pensiero di separarmi da lui mi spaventava a morte.

Mi ero messa a letto accanto a lui, rannicchiandomi nella sua stessa direzione. Mi ero avvicinata, mettendogli una mano sulla spalla con una certa esitazione, e, dopo averla lasciata lì per un po', l'avevo spostata attorno alla sua vita. L'avevo abbracciato, cosa che non sono solita fare, provando un certo imbarazzo. Avevo poggiato la testa nell'incavo tra il suo collo e la sua schiena, e mi ero abbandonata alle lacrime.

Prova ciò che provo io? Ha gli stessi pensieri terribili che frullano nella mia testa? Oppure, nel profondo del cuore, ha già preso la sua decisione e sta iniziando gradualmente a prendere le distanze da me? Per questo sembra esausto e depresso in questi ultimi giorni? mi chiedevo.

Dovevo parlargli, capire cosa gli passava per la testa. Motivo per cui avevo deciso di affrontarlo. Non gli avrei permesso di evitare il confronto con me il giorno dopo. Avrebbe dovuto dirmi tutto quello che pensava, anche se la cosa avrebbe potuto portare alla nostra separazione.

5. Il ritorno di mamma

Ero sola, per quanto ne sapevo, in una casa simile alla vecchia tenuta familiare che possedevamo nella zona di al-Aluk. La stanza era avvolta nella penombra. Il mondo fuori era buio, e il forte soffio del vento faceva tremare alberi, finestre e porte. Da lontano, sentivo un gatto miagolare mestamente, come se stesse piangendo. Forse qualcosa lo tormentava, o terrorizzava. Qualche istante dopo, un pianto familiare mi aveva scosso il cuore, facendomi rabbrividire per la tristezza. Era il pianto di mia madre.

Mi ero precipitata nella stanza accanto, avvolta dalla stessa penombra. L'avevo trovata seduta sul bordo del letto mentre piangeva a dirotto. In un primo momento, avevo provato sollievo nel vedere che riusciva a sedersi da sola, ma il suo pianto mi turbava enormemente, così come i suoi gemiti e le sue lacrime.

Mi ero avvicinata, mentre il mio cuore la implorava: "Non piangere... Mamma... Non piangere."

Aveva la pelle sottilissima, le costole sporgenti sotto la veste da notte che indossava, il viso contorto, e gli occhi gonfi, pieni di un dolore profondo. Avevo allungato un braccio per prenderle la testa e posarla sul mio petto: forse avrei potuto alleviare il suo dolore. Ma, quando ero stata abbastanza vicina da toccarla, era sparita nel nulla.

Dopodiché, la scena era cambiata.

L'avevo sentita scalciare forte dentro di me, mentre all'esterno la luce abbagliante di un lampo veniva accompagnata dal rimbombo di un tuono. Avevo provato un senso di pesantezza, stanchezza e paura. Era come se qualcuno volesse portarmela via, strapparla dal mio ventre e allontanarla da me.

Avevo sentito una porta aprirsi e chiudersi, e nella mia testa ero convinta che Zayd fosse con me nella tenuta, ma che fosse uscito e mi avesse lasciata sola.

Stavo per raggiungerlo, per dirgli che avevo le doglie, ma poi era apparsa la sagoma di mia madre alla finestra dietro di me. Un angelo che aveva illuminato il mio mondo. Avevo provato di nuovo una sensazione familiare, che non sentivo da molto tempo, quando mi aveva sussurrato con quella voce che ricordavo ancora alla perfezione: "Sono qui, Janna... Sono viva, sto bene."

L'avevo guardata. Non potevo credere ai miei occhi: "Mamma, cara mamma," ridevo tra le lacrime. Mi ero fermata e le avevo chiesto: "Sei viva per davvero?"

Aveva sorriso. "Sono più che viva, e mi sei mancata. Vieni qui, fatti abbracciare," aveva risposto.

Tra me e la sua figura alla finestra c'era il letto. Nonostante il peso del feto nel mio ventre, lo avevo aggirato velocemente ma non avevo fatto caso alla cassapanca in fondo. Avevo urtato il piede contro il mobile mentre correvo incontro a mia madre, barcollando dopo aver perso l'equilibrio. Avevo piegato la testa in avanti e mi ero buttata contro il suo petto che, però, era evaporato. Il vetro della finestra era andato in frantumi. Le scaglie taglienti si erano conficcate in ogni parte del mio corpo. Dopo aver sbattuto la testa, ero caduta a pancia in giù. Il dolore era atroce. Avevo urlato, non so se per il dolore o la paura. Un urlo viscerale, devastante. Era come se la mia anima si stesse staccando dal mio corpo.

All'inizio non avevo capito se l'evaporazione dell'immagine di mia madre significasse che ci eravamo ricongiunte, o che mi ero separata da lei e dal feto che avevo in grembo.

Avevo capito che era la seconda ipotesi quando Zayd mi aveva scosso sul letto, riportandomi alla realtà.

Mi aveva detto che stavo farneticando nel sonno, e sembravo terrorizzata. L'avevo guardato attonita, cercando di metabolizzare l'improvvisa transizione tra i due mondi, e anche tutte le forti emozioni che mi ero portata dietro da quel mondo. Mi ero girata dall'altra parte sotto le coperte, lontana da lui, e avevo ripercorso con la mente le vicende del sogno impresse nella mia mente. L'immagine di mia madre alla finestra, e la sua voce che mi diceva: "Sono viva." Quelli erano i due momenti che mi avevano colpita maggiormente. Ma anche il suo pianto straziante, che mi aveva ricordato il dolore provato durante quella malattia tremenda.

Mi capitava spesso di sognarla viva, in perfetta salute, bella. La maggior parte delle volte la vedevo in silenzio, seduta nel salotto della nostra vecchia casa. Oppure con un pennello in mano, mentre ridipingeva uno dei suoi quadri appesi alle pareti. O, ancora, mentre abbracciava mio padre e gli stampava un bacio sulla guancia quando tornava da Riad per farci visita durante le festività. Continuavo a rifiutarmi di accettare la morte di mia madre, nonostante fossero passati tutti quegli anni. E anche io mancavo a lei. Per questo veniva a trovarmi, di tanto in tanto.

Avevo spostato il braccio e posato la mano sul mio ventre sotto le coperte: la sensazione di averla dentro di me non mi aveva abbandonata. Era una sensazione indescrivibile. Uno strano senso di conforto, di cui non mi ero mai resa conto, o che forse avevo provato molto tempo prima, quando la sua presenza era reale. Avevo lasciato che quel conforto mi avvolgesse, perdendomi in quel sogno che inseguivo da tempo, da quando avevo scoperto che la scienza era diventata capace riportarmela.

Ma mi era venuto in mente Jamal, e la mia mente mi aveva riportata nel posto dal quale stavo cercando di scappare. Avevo il dovere di affrontarlo prima che fosse troppo tardi, prima che il tempo mi portasse via e mi privasse del sogno che dominava la mia esistenza. Che imbarazzo provo ogni volta in cui ci penso, e quanto mi spaventa il pensiero di mettere in pratica questa idea, descrivibile solo con una parola: follia!

Mi era capitato molte volte di lasciare che l'immaginazione viaggiasse a briglie sciolte e progettasse il futuro del mio grande sogno: il ritorno di mia madre!

Io e Jamal possedevamo il diritto esclusivo di disporre del suo corredo genetico. Avevo già consultato un medico in precedenza, e mi aveva assicurato che niente mi impediva di fare da surrogato all'ovulo per farlo sviluppare. Dal punto di vista scientifico, era semplice, un intervento di routine piuttosto comune. Ma le mie difficoltà erano di natura legale e sociale.

Legalmente, le nuove nascite erano proibite per tenere sotto controllo la crescita della popolazione. Non era permesso rimanere incinta e partorire, tranne che in un unico caso: la morte di un membro della famiglia. In altre parole, ogni famiglia aveva il diritto di impedire la propria estinzione, per cui poteva dare alla luce un nuovo individuo che prendesse il posto di un altro che era deceduto. Niente di più.

Noi eravamo vicini a perdere un membro della nostra famiglia: Jamal aveva scelto di andarsene. Giuro sulla mia vita che avrei fatto l'impossibile per farlo rimanere se avesse voluto, ma lui era irremovibile. Dopo la sua morte, la famiglia avrebbe avuto la possibilità di far nascere un solo bambino. Quanto agli eredi legittimi, oltre a me c'erano anche i suoi figli e nipoti. Ecco la sfida sociale.

Sarebbe stato inappropriato tirare fuori il discorso con Jamal durante i suoi ultimi giorni di vita, come a dirgli di sbrigarsi a tirare le cuoia per farmi realizzare il mio sogno di rimanere incinta. Però dovevo sistemare la questione in sua presenza, soprattutto perché la sua morte avrebbe significato affrontare e convincere tutti i membri della sua famiglia, compresa Jihan. E questo avrebbe potuto portare a sanguinosi conflitti familiari di cui avrei fatto volentieri a meno.

Non sapevo quale sarebbe stata la sua reazione, né quella di Zayd e del resto della famiglia, quando avrei detto loro che non avevo intenzione di partorire un bambino con il corredo genetico mio e di Zayd, come da tradizione, ma che avevo pianificato di far tornare in vita mia madre utilizzando la sua intera mappa genetica.

Mi sentivo profondamente in colpa nei confronti di Zayd, perché gli stavo negando la possibilità di avere un figlio. Come avrei potuto dirgli che avevo deciso di dare al mondo una nuova creatura, dopo essermi opposta fermamente a questa idea in passato?

Come potevo essere così egoista e digli che quella creatura non avrebbe avuto il suo corredo genetico?

Avevo posto quella condizione qualche mese dopo esserci conosciuti. Avevo deciso di dirglielo una sera in cui eravamo soli, all'Irish Pub in cui andavamo sempre ai tempi, all'entrata del quartiere di Sweifieh.

Ricordo di aver esitato a tirare fuori un argomento così serio. Avevo provato la stessa paura che provavo adesso al pensiero di parlargli della mia decisione di partorire mia madre. All'epoca sapevo perfettamente che avrei potuto perderlo se fossi rimasta fedele alla mia idea, e sapevo che quella possibilità esisteva ancora. In entrambe le occasioni, ero pronta ad andare incontro a quella perdita.

Quella volta avevo provato vergogna, perché la mia richiesta appariva strana agli occhi delle persone intorno a me. Adesso mi vergognavo ancora di più, perché stavo per mostrare un altro lato della mia pazzia.

Avevo aspettato che finisse di bere la sua birra, e io mi ero affrettata a finire la mia. Ero attaccata a lui sotto le luci soffuse del bar, nell'angolo a destra. La musica soft in sottofondo creava un'atmosfera romantica e rilassante, e mi aiutava a controllarmi. La sua mano era vicina alla mia, protesa sul tavolo a reggere ancora il bicchiere vuoto. Avevo mosso lentamente le dita e gli avevo sfiorato delicatamente i peli dell'avambraccio, poi avevo preso coraggio e avevo mormorato: "Zayd."

Non ero riuscita a pronunciare il suo nome con la tranquillità che avrei voluto, e, tra il suo girarsi verso di me e il mio nervosismo, avevo fatto cadere il cellulare sotto il tavolo. Avevo riscontrato una certa difficoltà nel recuperarlo da terra attraverso lo spazio angusto tra me e il tavolo, che era inaspettatamente pesante e difficile da spostare. Mi ero chinata, cercando di allungare la mano il più possibile per raggiungerlo, ma avevo sentito una fitta lancinante al collo. Avevo ritratto immediatamente la mano di riflesso, tenendomi il collo con l'altra. Il mio corpo era stato scosso da un brivido e avevo esclamato, dolorante: "Ahi."

Zayd si era messo a ridere e aveva allungato una mano a sua volta per accarezzarmi la spalla. Dopodiché, si era alzato senza dire nulla e aveva fatto il giro del tavolo, per poi chinarsi e recuperare il cellulare. Aveva detto: "Ecco a te," porgendomelo senza smettere un attimo di sorridere.

L'avevo preso, poggiato nuovamente sul tavolo, e ringraziato Zayd nervosamente. La tensione non mi permetteva di trovare divertente l'accaduto. Si era seduto di nuovo accanto a me, e mi aveva chiesto: "Bene, che succede? Cos'è tutta questa serietà?"

Avevo fatto un respiro profondo e l'avevo guardato: "Ho preso una decisione e devo parlartene. Non so cosa ne penserai."

"Di cosa si tratta?"

Ero rimasta un attimo in silenzio. Non riuscivo a guardarlo negli occhi. Avevo iniziato a disegnare dei cerchi con l'indice sullo schermo del cellulare, fino a quando non avevo preso coraggio e gli avevo detto con voce fredda: "Zayd, non voglio avere figli."

Mi aveva risposto immediatamente. Era come se stesse cercando di assimilare ciò che avevo appena detto ripetendolo: "Cosa? Non vuoi avere figli?"

Avevo scosso la testa, a conferma di ciò che avevo detto, mentre cercavo disperatamente di trattenere le lacrime. Sembrava sorpreso, ma mi aveva chiesto pacatamente: "Perché non vuoi?"

"Te lo sto dicendo nell'eventualità in cui dovessimo rendere la cosa ufficiale in futuro."

"Bene, mi piacerebbe sapere il perché."

"Zayd, come ci siamo conosciuti?"

"Tramite quel gruppo su Facebook."

"Un gruppo di supporto per i familiari delle persone affette da Alzheimer."

"Esatto."

"Tuo padre e mia madre erano malati di Alzheimer. Sai che è una malattia genetica. A mia madre è venuto quando era relativamente giovane, il che significa che è di famiglia. Ti immagini se uno dei nostri figli dovesse diventare come loro?"

"Non voglio immaginarlo. Potrebbe anche non accadere. Perché devi pensare negativo? Potrebbe capitare anche a te, o magari a me. Significa forse che dovremmo lasciarci e non amare nessun altro perché potrebbe succedere?"

"No, non ho detto questo. Mi sono innamorata follemente di te, e mi occuperò della questione se dovesse accadere. Ma non potrei convivere con il senso di colpa di aver messo al mondo un bambino per farlo soffrire."

"Sì, ma potrebbe anche venire investito, finire ustionato, o potrebbe venirgli il cancro, che Dio non voglia, o qualsiasi altra cosa. Non si può smettere di vivere perché potrebbe succedere qualcosa in futuro."

"È proprio per tutte le cose che hai elencato, e altre. Mi dispiace. Non ce la faccio."

"Smettila, Janna. Io voglio avere figli."

Quel giorno la discussione si era conclusa con un insanabile dissenso. Zayd non capiva né la mia risolutezza nel non volere figli, né me e quanto avessi paura di quella decisione e delle sue conseguenze in quel momento – nonostante il mio timore dell'Alzheimer fosse nettamente maggiore. Oltre alla certezza assoluta che quella relazione così significativa per me fosse al capolinea, c'era anche il dato di fatto che avrei potuto non trovare un uomo pronto a rinunciare all'idea di avere figli e opporsi alle convenzioni sociali. A meno che non abbandonassi la mia risoluzione.

Dopo un periodo di separazione durato due mesi, e dopo aver sofferto la mia mancanza, Zayd si era sottomesso al mio volere. Era tornato e aveva risistemato le cose tra noi. Nel giro di qualche mese, avevamo predisposto frettolosamente i preparativi per il matrimonio, prima che il tempo ci anticipasse e portasse via ciò che rimaneva della lucidità di mia madre e suo padre.

Dopo anni, e con la scoperta della cura contro l'Alzheimer, Zayd aveva provato di nuovo a persuadermi ad avere un figlio che avesse il nostro nome e ci aiutasse nella vecchiaia. Ma il pensiero mi spaventava, perché avevo superato i quarant'anni. Mi ero rifiutata categoricamente, e l'avevo lasciato a rimpiangere il sogno di avere figli che io gli avevo negato.

Alzarsi la mattina è deprimente quando apri gli occhi e ti ricordi di avere un enorme fardello sulle spalle di cui hai paura di liberarti, per quanto il suo peso sia estenuante. Credi che il meteo sia tuo alleato quando fa incontrare l'oscurità e il maltempo, o quando quest'ultimo diventa ancora più violento a causa del rombo dei tuoni o del bagliore dei lampi. Tuttavia, provi rancore e solitudine quando le condizioni atmosferiche ti tradiscono, offrendoti un mattino soleggiato. È come se il resto del mondo ti voltasse le spalle, come se il temporale che devasta il tuo mondo fosse solo un'illusione insignificante per gli altri.

Quando avevo aperto gli occhi quella mattina, la luce del sole penetrava dalla finestra della camera da letto e mi avvolgeva il viso e la fronte. Solitamente mi piaceva il solletico provocato dai dolci raggi del sole mattutino, che annunciavano l'alba di un nuovo giorno con la delicatezza e la gentilezza di una madre. Ma ero davvero esausta. Non avevo chiuso occhio per tutta la notte dopo essermi svegliata per la mancanza di mia madre e dopo essere stata assalita dal pensiero di portarla dentro il mio grembo. Era un peso a cui mi ero abituata con il passare degli anni, ma in quel periodo era diventato più gravoso con l'avvicinarsi della rivendicazione dell'eredità, cioè della possibilità di partorire, e dell'inevitabile confronto con Zayd sulla questione.

Mi ero alzata, avevo fatto una doccia veloce e poi mi ero seduta davanti allo specchio. Stavo cercando il pettine, ma come al solito non era al suo posto. Avevo preso l'orologio e l'avevo portato alla bocca, dicendo: "Dov'è il pettine?"

Avevo sentito Zayd commentare seccamente: "Ogni volta in cui ti vedo hai l'orologio vicino alla bocca. Mi ricordi mia nonna, pace all'anima sua," con un sorriso forzato, prima di uscire dalla camera. Per poco non gli avevo risposto male. Mi ero limitata a stamparmi un sorriso di cortesia in faccia e avevo iniziato a girarmi intorno, fino a quando non era comparso un cerchio rosso sul display davanti ai miei occhi, sopra i pantaloni di Zayd buttati sulla sedia.

"Come ci è finito sotto i tuoi pantaloni?" gli avevo chiesto nervosa mentre prendevo il pettine e iniziavo a passarmelo tra i capelli bagnati, prima di tornare a sedermi di fronte allo specchio. Zayd era apparso di nuovo di fronte alla porta, e mi aveva chiesto: "Vuoi che faccia tornare la macchina per te dopo essermi fatto portare in ufficio? Stavo pensando di farla lavare."

"No, no, oggi devo andare in redazione. Prendo la metro," gli avevo risposto. Poi, mentre mi guardavo allo specchio, avevo aggiunto tranquillamente: "Zayd, c'è una cosa importante di cui dobbiamo parlare. Incontriamoci stasera dopo il lavoro e ceniamo fuori."

Zayd era rimasto un attimo in silenzio, poi mi aveva risposto titubante: "Anche io voglio parlarti di una cosa."

Mi era venuto un colpo al cuore per il modo in cui l'aveva detto. Mi erano tornati in mente i deliri della notte prima.

Avevo preso l'asciugacapelli, poi avevo cliccato sull'orologio disegnando un cerchio sull'anteprima delle notizie, in modo da farle apparire sulla lente di fronte a me e poter dare un'occhiata veloce ai titoli nell'attesa che si asciugassero i capelli.

Mi era apparsa la prima pagina del giornale *al-Ra'i*, con la seguente intestazione:

LA PRESIDENTE DEGLI USA KHADIJA SALMAN INCONTRA IL RE DELLA GIORDANIA HUSAYN II PER DISCUTERE LE TRATTATIVE DI PACE NELLA REGIONE

Avevo tralasciato la notizia. Non credevo nell'utilità di quei negoziati, visto che il conflitto arabo-israeliano durava da ormai quasi due secoli. Sembrava che anche quel conflitto vivesse grazie alla pillola dell'eterna giovinezza e si rigenerasse con il cambio dei leader politici della regione e del mondo.

IL PARLAMENTO SI RIUNISCE IN SEDUTA COMUNE PER TROVARE COMPROMESSO SU LEGGE ELETTORALE

Come il conflitto arabo-israeliano, arrivare a un compromesso su una legge elettorale che rappresentasse tutte le forze politiche del paese sembrava una chimera.

DELITTO D'ONORE: RAGAZZA GIORDANA UCCISA DAL FRATELLO

Morivo un po' ogni volta in cui sentivo una notizia di quel tipo. Ne leggevo di simili a mesi alterni da quando avevo imparato l'alfabeto. Pensavo che il passare del tempo sarebbe stato abbastanza per bandire quel costume barbaro, ma purtroppo avevo constatato che eliminare il delitto d'onore sarebbe stato più difficile che eliminare l'invecchiamento.

IL REALITY SUL RITORNO ALL'INFANZIA REGISTRA LA PERCENTUALE PIÙ ALTA DI SHARE DURANTE IL PRIMO EPISODIO

Avevo puntato lo sguardo sull'album di foto allegato all'articolo, sbattendo le palpebre per aprirlo. Le fotografie si erano dispiegate di fronte a me. Omar era presente sullo sfondo in diverse foto, e in due era ben visibile. La prima raffigurava lui al semaforo di Abdun, chinato, con i vestiti consunti, vicino a un 4x4, mentre porgeva un pacchetto di gomme al conducente. La seconda era stata scattata durante il programma: c'era lui accanto al presentatore. Il suo viso era pieno di rughe, eppure sembrava brillare sul palco. Sfoggiava quel sorriso che mi regalava sempre.

Avevo messo da parte l'asciugacapelli e mi ero precipitata a votarlo. Poi mi ero assicurata di pubblicare la sua foto in tutti i miei profili social. Avevo sbattuto le palpebre sul tasto per scrivere e una tastiera virtuale si era accesa sulla scrivania. Avevo scritto una breve descrizione per accompagnare la foto:

Chiedo a tutti di votare il mio amico Omar. Conosco quest'uomo dai tempi della scuola, e so benissimo che ha lottato con la povertà per tutta la vita. Sarò di parte, ma non mento se dico di non averlo mai visto con il volto corrucciato, neanche una mattina. Né c'è stata mai una volta in cui abbiamo parlato senza che lui mi sorridesse radioso e mi augurasse ogni bene. Dal suo viso non trasparivano mai rancore per la società o disperazione.

Rispettavo profondamente lui e il suo attaccamento alla vita. Non riuscivo a capire come fosse capace di continuare a sperare in un futuro migliore dopo aver vissuto giorni difficili per più di ottant'anni. Forse era stato il suo masochismo a spingerlo ad aggrapparsi al mondo, ma era un masochismo insito nella natura umana, conosciuto molto bene da chiunque avesse deciso di rimanere giovane per sempre.

Vedevo come una possibile ingiustizia l'insistenza del programma nel voler far tornare i concorrenti ai loro primi giorni di vita, ma ero anche certa che fosse una scelta personale e un diritto individuale farlo. Nonostante il mio giudizio morale sul programma fosse incontrovertibile, ritenevo di avere il dovere personale di supportare Omar. Forse era il mio modo di sopperire alla mia incapacità di aiutarlo negli anni passati, per dargli la possibilità di realizzare un suo sogno d'infanzia, cioè ottenere una nuova opportunità tramite un cucchiaio d'oro che l'avrebbe riscattato dal passato.

Avevo premuto *invio* e poi ero passata a un titolo di giornale che aveva destato il mio interesse.

PARLAMENTO GIORDANO SI PREPARA A DISCUTERE LEGGE CONTRO IL SUICIDIO

La notizia era accompagnata da un articolo di Jihan, che riprendeva un versetto coranico:

E non uccidete voi stessi; Dio, certo, sarà con voi clemente.

Accanto all'articolo avevo notato la dicitura *più letti* con una valutazione media di *molto buono* e una foto recente di Jihan. A prima vista avevo pensato che ci fosse un errore, perché i suoi lineamenti erano diversi da come li ricordavo. I suoi capelli, dal taglio simile alla criniera di un leone, avevano assunto uno sgargiante colore dorato. Conoscevo bene quel taglio, perché andava molto di moda a Amman. Ma Jihan amava strafare, era nella sua natura, per cui il volume dei suoi capelli era il doppio rispetto a quello di qualsiasi altra donna con il suo stesso taglio.

Avevo aggiunto l'articolo tra i *salvati per dopo*, eliminandolo dalla rete domestica per non farlo leggere a Jamal.

Avevo preso l'orologio in mano e l'avevo avvicinato alla bocca, dicendo: "Ore, Ore, Sabah." La voce di Sabbuha aveva riempito la stanza:

Ore, ore
Ore, ore
Amo la mia esistenza e desidero ardentemente la vita

Avevo aperto l'armadio, optando per un'ampia gonna nera e una blusa di chiffon bianca. Dopo averle indossate, ero passata in camera di Jamal per dargli il buongiorno. Gli avevo portato la colazione e dato un bacio sulla fronte. Prima di uscire di casa, mi ero assicurata che indossasse il bracciale collegato alla rete per monitorare le sue funzioni vitali. Stavo per tirare fuori il discorso dell'eredità e del mio desiderio di maternità, ma avevo esitato. Sarebbe stato meglio parlarne prima con Zayd.

Uscita da camera sua, avevo sentito riecheggiare la voce di Sabbuha:

E ore, ore
Mi sento terribilmente sola
Le parole sulla mia lingua non sono per niente nuove
Non sono affatto felice
Non sono felice

Mi sono ritrovata a cantare con lei: "*Non sono felice, non sono felice*" e avevo sentito le lacrime rigarmi le guance.

Aveva concluso così:

Pesanti sono i passi del tempo
Pesante è il ticchettio del tempo

Avevo sospirato, sussurrando tra me e me: "Ah, Sabah, è proprio vero... Il ticchettio del tempo è pesante."

Avevo preso la borsa ed ero uscita.

Guardai l'orologio per assicurarmi di non essere in ritardo per l'appuntamento in ufficio, accelerando il passo per fare in tempo a prendere la metro. Casa nostra si trovava a Abdun, e distava cinque minuti a piedi dalla fermata. Aveva tre piani, in cui vivevano tre famiglie. Io, Zayd e Jamal vivevamo al primo piano. Jamal si era unito a noi dopo essersi lasciato con Jihan, perché non aveva più le forze necessarie per vivere da solo. Era lo stesso appartamento in cui vivevamo da bambini. Il secondo piano aveva accolto la famiglia di Jamal per parecchi anni, e ora ci viveva suo nipote. Quanto al terzo piano, ci abitava da sempre la famiglia di Khalid, il primogenito di Jamal.

La redazione si trovava nel distretto di al-Abdali, il che per me era comodissimo, perché la metro ci metteva appena altri cinque minuti per arrivare lì. Di solito passavo quel tempo a scannerizzare la gente intorno a me e a leggere le informazioni elettroniche delle persone che destavano il mio interesse.

Quel giorno era successa una cosa strana, inspiegabile!

Avevo sentito i battiti del mio cuore accelerare alla vista del ragazzo seduto di fronte a me. I nostri sguardi si erano incrociati. Gli avevo sorriso, e stavo per salutarlo, ma aveva risposto a malapena con un lieve sorriso prima di girare la faccia, come se non mi avesse riconosciuta. O forse mi aveva riconosciuta, e preferiva far finta di non ricordarsi di me.

Avevo mosso velocemente le ciglia verso destra per leggere la sua scheda elettronica. Erano apparsi nome completo, età, e stato civile.

Kamil Tamir Tutnajan
25 anni
Celibe

Il nome combaciava con il Kamil che conoscevo, ma l'età non poteva essere giusta. Forse aveva mentito, o era il nipote del Kamil che conoscevo. Però la somiglianza tra Kamil e quel ragazzo era impressionante: gli stessi lineamenti armeni, gli stessi occhi e capelli neri, la stessa pelle bianca, l'altezza e il fisico slanciato che conoscevo bene, lo stesso taglio di capelli. Perfino le espressioni facciali e i movimenti delle mani erano quelli caratteristici di Kamil.

I sentimenti di allora mi hanno travolta come se fosse stato ieri.

Perché? Perché Kamil? Perché adesso? Il mio cuore aveva iniziato a battere all'impazzata quando mi ero resa conto di che giorno era. Come se il tempo fosse indolente, incapace di evocare nuovi scenari, continuava a far girare lo stesso vecchio nastro. Molto tempo fa, il dodici giugno del 2019, il giorno in cui avevo deciso di mettere le cose in chiaro con Zayd riguardo al non voler avere figli, era apparso Kamil. Oggi, il dodici giugno del 2091, Kamil è apparso nuovamente.

Era davvero una coincidenza? O era forse un segno del destino?

Era molto strano che le due scene fossero così simili, malgrado l'ampio lasso di tempo: anche questa volta ci siamo incontrati su un mezzo pubblico, e il nostro primo incontro era avvenuto proprio su uno di questi. Quel giorno, i nostri sguardi si erano incrociati mentre eravamo uno davanti all'altra su un Bus Rapid Transit. Una signora si era alzata quando l'autobus si era fermato nei pressi del centro polisportivo. Kamil mi aveva fatto cenno con la testa di sedermi al suo posto, sorridendomi e sussurrando: "Prego." Gli avevo sorriso imbarazzata: "No, si sieda lei," perché al tempo non lo conoscevo. Mentre ci invitavamo a sederci a vicenda, un signore era arrivato dal nulla dietro di noi e ci aveva fregato il posto. Ci eravamo guardati tenendoci all'asta di ferro che ci divideva e ci eravamo messi a ridere.

La sua presenza era ammaliante, e io cercavo un modo per distrarmi dal pensiero di affrontare Zayd quella sera. Ero parecchio nervosa, e parlare con Kamil era come una boccata d'aria fresca.

Dopo una breve chiacchierata, ci eravamo scambiati i numeri di telefono.

Kamil mi contattò due giorni dopo, quando ero di cattivo umore per aver rotto con Zayd. Mi sentivo persa, sofferente, tradita dall'abbandono di Zayd, e provavo un enorme senso di colpa per ciò che avevo fatto a lui e a me stessa. Non ci pensai due volte a uscire con Kamil quando me lo chiese. Non so se a spingermi fosse stata la mia attrazione nei suoi confronti o il bisogno di evadere dallo stato mentale in cui mi trovavo. All'inizio, non mi chiedevo cosa significassero i nostri incontri, mi limitavo a godermi la spensieratezza del momento. Ma le cose tra noi si evolvettero stranamente in fretta, e i miei sentimenti per lui crebbero a dismisura.

Continuammo a vederci per due mesi, fino al giorno in cui Zayd bussò alla porta di casa mia. Mi confessò quanto gli mancassi, dicendomi di essere disposto ad abbandonare il desiderio di avere figli se in cambio fossi tornata a far parte della sua vita. Il suo ritorno mi fece un po' male. Ero tormentata perché provavo dei sentimenti per due uomini allo stesso tempo. Uno mi amava così tanto da rinnegare se stesso, l'altro si era fatto strada dentro di me destando sensazioni inspiegabili.

Il bacio che Kamil mi stampò sulle labbra la sera prima del ritorno di Zayd mi fece girare la testa. Lo consideravo un frutto proibito, perché avevo paura di assaggiarlo. Decisi di scappare e ignorare l'accaduto. Quel giorno scelsi Zayd perché amarlo non mi faceva paura. Non mi sentivo disarmata con lui. Lo scelsi perché con lui non perdevo mai il controllo: al contrario, la sua presenza aumentava la mia capacità di gestire le emozioni con tranquillità, saggezza e lucidità. Con il passare del tempo, dimenticai Kamil, e pensavo di aver acquisito la capacità di controllare i miei sentimenti. Durante i periodi felici, mi sentivo in pace con me stessa e mi dicevo di aver preso la decisione giusta; in quelli meno felici, mi pentivo di aver sprecato la mia vita per paura dell'ignoto.

I sentimenti che avevo provato allora per Kamil erano pressoché identici a quelli che provavo in quel momento nei confronti dell'aldilà. Sapevo che entrambi mi avrebbero resa incredibilmente felice, ma sapevo pure che il prezzo di quella felicità sarebbero state la mia indipendenza, la mia identità, e la mia esistenza stessa. Quelle sensazioni che mi travolgevano quando ero con Kamil mi terrorizzavano, e, per quanto fossero forti, non erano nient'altro che un'illusione. Il profumo di felicità che mi inebriava era soltanto una manciata di gocce profumate, destinate a essere strappate via dai venti della realtà e dal mio bisogno di avere radici ben piantate al suolo.

Anche oggi ho sentito il bisogno di scappare dal pensiero dell'incontro con Zayd. I sentimenti che provavo per Kamil dopo così tanti anni, dopo essermi addirittura dimenticata della sua esistenza, mi avevano presa alla sprovvista. Era come un sogno che si ripeteva. Come una scena registrata e mandata di nuovo in onda.

Aveva senso replicare il mio stato mentale in quel modo? E nella stessa data? Su un mezzo di trasporto simile? Con la stessa persona?

Poteva essere che Kamil fosse un angelo a cui di tanto in tanto venivano aperte le porte dei cieli per materializzarsi davanti a me quando raggiungevo un livello di nervosismo che non ero capace di tollerare senza di lui? O magari era un messaggero che appariva per darmi forza e risvegliare nel mio cuore la determinazione necessaria per prendere decisioni folli?

Mi ero affrettata a parlargli quando la metro era arrivata alla fermata di al-Abdali e lui stava per scendere. Mi ero avvicinata e l'avevo chiamato: "Kamil."

Mi aveva guardata sorpreso prima di rispondere: "Janna?"

"Janna," avevo sorriso e gli avevo chiesto, "Come stai?"

"Bene, tu come stai?"

Stavo per aggiungere: "Da quanto tempo," ma mi ero fermata, perché leggendo il suo linguaggio corporeo era evidente che non mi conoscesse. Mi ero scusata: "Mi scusi, pensavo che fosse qualcuno che conosco," e non avevo aggiunto "da molto tempo," perché mi vergognavo di far capire la mia vera età al nipote di Kamil. Poi mi ero ricordata che la mia scheda elettronica non mostrava la mia età, e mi ero tranquillizzata. Però ero rimasta sorpresa dalla sua risposta immediata: "Anche se tu non mi conosci, a me piacerebbe conoscere te," e il suo sorriso mi aveva riportata indietro di diversi anni. Un sorriso che il mio animo ricordava bene. In risposta, mi si era stretto il cuore.

Mi aveva chiesto se mi potesse chiamare qualche volta per andarci a prendere un caffè. Certo che mi avrebbe fatto piacere, quel giorno come in passato. Gli avevo risposto che dovevo sbrigarmi perché avevo un appuntamento in ufficio. Dopo essermene andata, mi era venuto uno strano mal di testa, recante l'impronta di un'epoca passata che ritenevo fosse stata sigillata dal passare dei giorni e sepolta dal tempo.

Ero corsa in ufficio, lottando per non pensare a quello scenario assurdo che la mia mente stava cercando di dipingere. La mia testa aveva collegato l'apparizione di Kamil con la sensazione di avere mia madre vicino, per poi dedurne che lei concordava con il mio desiderio di farla tornare in vita.

Era come se si fosse messa d'accordo con Kamil e me l'avesse mandato quando aveva intuito che avevo bisogno di lui.

Oggi l'ha inviato in mio aiuto per darmi il coraggio di dire tutto a Zayd, mentre in passato l'aveva mandato per darmi la forza quando avevo deciso di non avere figli. Stava già pianificando il futuro da allora?

Mi è tornata in mente l'immagine di mia madre quella notte in cui ero uscita con Zayd. Diversamente da com'era solitamente in quel periodo, in cui neanche mi riconosceva più, quella volta era calma e tranquilla. Mi stava aspettando affacciata alla finestra della cucina. Mi aveva guardata con affetto mentre entravo in casa, come se sapesse già cos'era successo. Aveva detto il mio nome e mi aveva chiesto perché sembrassi triste. Avevo negato che ci fosse qualcosa che non andava. Si era avvicinata a me e mi aveva stretta al suo petto, lasciandomi piangere. Dopo che mi ero calmata, mi aveva sussurrato all'orecchio: "Non preoccuparti, le lacrime a volte fanno bene," poi aveva sospirato e aveva aggiunto, citando il Corano: "Può darsi vi spiaccia qualcosa che è invece un bene per voi."

Aveva fatto giusto in tempo a finire la frase prima che la luce sparisse dai suoi occhi. Era svanita in un lampo, sostituita dal solito sguardo disorientato. In quella fase dell'Alzheimer era normale che apparisse qualche sprazzo di lucidità. Sembrava che il suo spirito entrasse e uscisse dal suo corpo di tanto in tanto. Forse quelli erano gli unici momenti in cui gli stimoli nervosi trovavano un passaggio per arrivare alla sua memoria a breve termine, e tornava a essere quella che conoscevamo... Barlumi di speranza che ci rianimavano per poi ucciderci.

Istanti di ottimismo che erano diventati sempre più radi con il tempo, fino a svanire con la degenerazione della malattia. Per quanto mi riguardava, il momento più importante tra questi fu proprio quella notte. Poteva anche non aver lasciato traccia nei suoi ricordi, ma aveva stampato un'impronta indelebile nei miei.

Quel giorno era stato come se mia madre fosse tornata per dirmi che ero in buone mani, e che gli eventi della mia vita, a prima vista negativi, alla fine si sarebbero trasformati in qualcosa di positivo.

La sua presenza era stata come quella del sogno, e la sensazione di calore che avevo provato quando mi aveva abbracciata era identica a quella che mi aveva toccato il cuore quando l'avevo sentita chiamarmi in sogno e dirmi: "Sono più che viva, e mi sei mancata. Vieni qui, fatti abbracciare."

La vista di Jihan dietro la reception non appena ero entrata in redazione aveva interrotto il mio flusso di coscienza. All'inizio non l'avevo riconosciuta quando si era rivolta me, poi mi ero resa conto che era lei perché mi era tornata in mente la foto accanto all'articolo di poco prima. Nonostante la foto mi avesse fatto pensare che il suo taglio di capelli fosse eccessivo, vedendola di persona non c'erano dubbi sul fatto che il fotografo avesse consapevolmente ridotto il volume dei capelli, per quanto possibile. Lo spazio che occupavano era sconcertante. Sembrava un cartone animato dalla criniera leonina e il corpo da clown.

Mi aveva salutata entusiasta e mi era saltata addosso, proprio come un leone, per abbracciarmi. Il suo atteggiamento gioioso e gentile mi aveva sorpresa, ma la conoscevo bene: la sua gentilezza di solito era una copertura che usava quando le serviva qualcosa. Per questo ho pensato: "Che Dio mi aiuti."

"Janna, tesoro, come stai? Perché sembri distrutta?"

Nonostante ci conoscessimo da parecchi anni, i suoi commenti offensivi continuavano a impietrirmi. Avevo aperto la bocca attonita, incapace di risponderle.

"Non sono distrutta né altro, anzi sto una favola oggi," avevo mentito.

"Hai gli occhi un po' gonfi, forse non hai dormito bene?"

"Può darsi."

"E poi perché hai la pancia gonfia oggi? Cosa hai mangiato ieri a cena?" Aveva riso come se fosse una battuta divertentissima. Stavo per dirgliene quattro sul suo aspetto ridicolo e sulla sua lingua lunga, ma mi ero stata zitta, come al solito.

"Parlando di cose serie, Janna. Siete liberi stasera? Mi piacerebbe far visita a Jamal. Vorrei parlargli di una cosa."

"Certo, vieni pure. Di che si tratta?"

"La questione riguardante l'eredità del diritto di avere un figlio quando Jamal non ci sarà più. Sai che la famiglia è grande, e tutti vorranno reclamare questo diritto."

La diavolessa si era allontanata. Averle sentito dire che desiderava l'eredità in modo così sfacciato mi aveva sbigottito, come se fosse una procedura ordinaria e la vita di Jamal non significasse nulla per lei. Nonostante mi aspettassi quella mossa da lei, mi era venuto un nodo in gola ed ero stata assalita da una profonda tristezza, perché le sue parole significavano che la vita di Jamal si sarebbe trasformata a tutti gli effetti in una faida familiare prima ancora della sua dipartita. Forse avrei dovuto ritirarmi da quella guerra per rispetto nei confronti degli ultimi giorni di vita di Jamal, ma non sarei riuscita a sopportare la sua morte se non avessi trovato un sostituto. E non mi sarei mai data pace se Jihan mi avesse tolto quella speranza dopo avermi portato via Jamal per diversi anni in passato.

Come poteva reclamare quel diritto dopo averlo abbandonato nei giorni più complicati della sua vita?

Mi ero persa a ripensare alle sue parole, che implicavano l'inevitabilità di parlare apertamente con Zayd del mio desiderio di partorire mia madre poche ore dopo. Mi erano venute in mente le parole di Zayd di quella mattina, quando mi aveva detto che doveva parlarmi. Avevo rivisto l'immagine di mia madre nel sogno della notte precedente e avevo provato una forte nostalgia. Avevo ripensato alla comparsa di Kamil di poco prima, con il desiderio di poterlo chiamare per raccontargli della pazzia che mi aveva accompagnata per tutta la vita.

Mi ero seduta sulla sedia dell'ufficio, cercando di calmarmi. Avevo aperto la pagina web del giornale, ricordandomi dell'articolo di Jihan. L'avevo ingrandito per leggerlo.

E non uccidete voi stessi; Dio, certo, sarà con voi clemente.

Dio, onnipotente e glorioso, ha concesso all'uomo una gloria immensa e l'ha preferito alle altre creature. Perciò, è chiaro che l'Islam ha proibito il suicidio e l'ha classificato come peccato gravissimo. L'unico peccato considerato più grave è il politeismo. L'adorato Profeta, pace e benedizione su di lui, nel hadith[3] trasmesso da al-Bukhari secondo Ibn Mas'ud – Dio lo benedica – ha stabilito tre circostanze in cui è ammesso uccidere: per giusta vendetta contro un assassino, come punizione per adulterio consumato in costanza di matrimonio, e altresì in caso di apostasia per scongiurare eventuali disordini. Il profeta disse: "Non è lecito versare il sangue di un Musulmano, il quale testimonia che nessuno merita di essere adorato tranne Dio, e che io sono il Messaggero di Dio, escluse tre istanze: di chi deve pagare vita per vita; di chi, essendo sposato, commette adulterio; di chi rinnega la propria religione e abbandona la comunità."

In passato l'umanità era sotto la volontà e la saggezza divina, impotente di fronte alla dittatura della vecchiaia e al suo potere di scandire le tappe verso la fine della vita umana. Però, Dio onnipotente e glorioso ha fatto uso della scienza e della conoscenza quando facevano del bene all'essere umano. Durante il secolo scorso, la saggezza divina ha voluto che gli scienziati esplorassero i meandri del codice genetico per trovare dei rimedi per le innumerevoli malattie di fronte alle quali eravamo impotenti in passato. La più grave di queste era la vecchiaia stessa, che era, e continua a essere anche dopo la diffusione della sua cura, considerata una delle principali cause di morte.

Nessuna legge divina o terrena in tutto il mondo, antico o moderno, ha mai incoraggiato l'uomo alla resa. E se l'umanità in passato è stata compagna della morte a causa della vecchiaia,

---

3 Si tratta di narrazioni riguardanti la vita e i detti di Maometto, il cui insieme costituisce la cosiddetta *Sunna,* fondamento della legge islamica.

e ha convissuto con le sue difficoltà e le sue sofferenze in mancanza di alternative, oggi l'essere umano ha pronunciato tre volte il talaq[4], *e la cancellerà dal dizionario dopo aver trionfato su di lei e averle strappato gli artigli.*

Dobbiamo distinguere tra la sentenza della morte e il dominio della vita, poiché la vita è nelle mani di Dio. E chi possiede la capacità di dare la vita, ha anche il potere di toglierla in qualsiasi momento egli voglia. Oggi, avendo disponibile la cura per la vecchiaia, il rifiuto di essa o la negazione della sua presenza sono comparabili al suicidio, e rappresentano una sfida aperta alla volontà divina.

Il governo dovrebbe accelerare l'approvazione delle norme necessarie e presentarle all'organo legislativo nel più breve tempo possibile. Non si è mai legiferato sul suicidio prima d'ora, per cui dobbiamo riempire il vuoto legislativo con la promulgazione di una legge in linea con lo spirito del tempo.

Quanto all'economia, ieri il Ministro della Salute ha diffuso un resoconto ufficiale in cui ha mostrato l'aumento delle spese dovute all'invecchiamento e le conseguenze che ha ogni anno sull'economia mondiale: il totale ammonta a trecentosettanta milioni di dinari. Inoltre, il resoconto constata che esso non solo è una delle cause principali di morte, ma anche uno dei più grandi fattori di diffusione della povertà in diverse aree del paese. Questo perché gli anziani, come sappiamo tutti, non producono né contribuiscono alla ricchezza collettiva.

Infine, vi invito a riflettere su questo hadith di Abu Hurayra, che Dio sia soddisfatto di lui, che ha trasmesso le parole del Profeta: "Chi si butterà volontariamente da una montagna per uccidersi, sarà avvolto dalle fiamme dell'Inferno, in cui rimarrà in eterno e per sempre. E chi berrà del veleno e si ucciderà, continuerà a tenere in mano il suo veleno e lo berrà

---

4 Formula di ripudio prevista dal diritto islamico, unico modo con cui un uomo può divorziare dalla propria moglie.

nelle fiamme dell'Inferno, in cui rimarrà in eterno e per sempre. E chi si ucciderà con un'arma di ferro, la terrà in mano e si accoltellerà continuamente l'addome con essa nelle fiamme dell'Inferno, in cui rimarrà in eterno e per sempre."

Jihan Awad

Quanto era provocatoria Jihan quando giocava con i sentimenti dei credenti per compiacere i piani alti della redazione. Il punto da cui partiva era comprensibile, cioè la comparazione tra il rifiuto della cura per la vecchiaia e il suicidio, ma secondo me si trattava di un tipo diverso di suicidio, impossibile da inserire nella stessa categoria in cui rientrava l'ammazzare se stessi.

Anche volendo cedere all'idea che la vecchiaia sia una malattia di cui l'uomo è affetto, dovremmo trattarla come una malattia genetica con cui si nasce. Abbiamo deciso di eludere le leggi della natura per allungare la vita umana, e io ho supportato questa decisione, nonostante si tratti di una manipolazione del codice genetico, motivo per cui la dottrina religiosa si è sempre detta contraria in passato.

La scienza si è evoluta così tanto da permettere alle persone di allungare la propria vita. Io sono dell'opinione che sia una decisione personale, un diritto individuale che lo stato non ha la facoltà di negare. Le idee dei mercenari della religione potrebbero indurre la legislazione ad aggirare parte delle norme governative. Alcuni potranno anche pensare che sia un loro diritto, ma io mi rifiuto di pregiudicare uno dei diritti fondamentali dell'uomo, specialmente se si tratta del diritto di scegliere tra la vita e la morte.

Visto che non abbiamo reso illegale il suicidio in passato, quando la vita aveva durata limitata, non dovremmo vietarlo neanche adesso che la vita dell'uomo è potenzialmente illimitata.

Prima o poi, la scienza potrebbe portarci a cambiare il corredo genetico tanto che invecchiare non farà più parte dell'equazione della natura. Ma, attualmente, siamo ben lontani da questo scenario, per cui è nostro dovere difendere il diritto di decidere di prendere la pillola di eterna giovinezza fino a quando non giungerà il momento in cui la vecchiaia non sarà più considerata una scelta naturale.

Dovevo preparare una risposta appropriata e pubblicarla nella stessa sezione del giornale il prima possibile.

Il tempo è come una calamita, ha due poli. Sono simili a punti focali, forti abbastanza da attrarre gli eventi e radunarli attorno a loro. Lontano dai poli, nelle zone in cui l'attrazione magnetica è debole, la frequenza degli eventi diminuisce e il tempo si dilata, indifferente e inespressivo. Allo stesso modo, le ore di lavoro in ufficio sembravano infinite, dalla prima all'ultima. Ore lunghe, prive di eventi, e tuttavia cariche di tensione tra i due punti focali del tempo: la voce di Zayd che continuava a ripetere: "Anche io voglio parlarti di una cosa", e l'immagine di lui intento a liberarsi di ciò che gli passava per la testa.

Non riuscivo a credere alle mie orecchie mentre ascoltavo le parole di Zayd. Ero seduta davanti a lui nella terrazza di un ristorante italiano tra i grattacieli di al-Abdali. Eravamo entrambi nervosissimi. Ognuno di noi due nascondeva qualcosa che l'altro non si sarebbe mai aspettato, un bisturi per dissezionare la nostra relazione e poi ricostruirla. Avremmo potuto migliorarla o peggiorarla, non ne avevo idea, ma sapevo che eravamo entrambi certi di non poter più lasciare le cose così come stavano.

Ciò che aveva in serbo mi offuscava la mente. D'altra parte, non sapevo se le sue parole avrebbero condizionato ciò che dovevo dirgli io!

Era stato un errore lasciarlo parlare per primo? E se ciò che doveva dirmi fosse stato più folle di quello che avevo da dirgli io, e avesse minato la mia determinazione, facendomi passare per quella più sana di mente tra i due?

"Che ne pensi?" mi aveva chiesto dopo aver finito di parlare. Era seguito un silenzio imbarazzante, durante il quale mi aveva guardata negli occhi con uno sguardo carico di aspettative.

Ho sempre pensato di essere io quella strana nelle relazioni, ma quel giorno mi ero resa conto di essere finalmente riuscita a passare la mia pazzia a Zayd. Se fosse stato un momento diverso, e se la situazione fosse stata meno assurda, mi sarei data una pacca sulla spalla con orgoglio e mi sarei detta: "Complimenti, Janna."

Ma in quella commedia non c'era spazio per l'orgoglio, perché era avvolta nella tragedia della realtà. Le parole di Zayd non erano un sogno irrealizzabile, ma una decisione che avrebbe significato la fine della mia vita con lui per come la conoscevo. Anche se mi aspettavo che mi avrebbe lasciata, non avrei mai immaginato che l'avrebbe fatto in quel modo.

L'avevo fatto andare avanti con il suo discorso claudicante, intramezzato da momenti di silenzio.

"Janna, sai che sono depresso da molto tempo."

"Non sono felice della mia vita."

"L'unico periodo in cui penso di esserlo stato per davvero fu quando ero adolescente."

"Voglio tornare a vivere quei giorni, voglio tornare bambino."

"Ci sono molte persone che stanno tornando bambine ultimamente. Anche io voglio tornare ad allora, a quando avevo dieci anni. Per quanti anni riuscirai a prenderti cura di me, fino a quando non sarò di nuovo adulto?"

Avevo tratto un respiro profondo per evitare di rispondere in maniera troppo violenta. Non ero nelle condizioni di rifiutare la sua richiesta mentre stavo per avanzare io stessa una richiesta ancora più esosa. Tutta via, non riuscivo a credere che volesse davvero quello.

Avevo cercato di posticipare la mia risposta: "Però, Zayd, tornare bambini è un'eresia cristiana. Si è diffusa tra i gruppi fondamentalisti cristiani che hanno interpretato letteralmente il versetto evangelico: 'Se non tornerete bambini, non entrerete nel Regno dei Cieli'. Se volessi usare il metro di misura islamico, l'età delle persone in paradiso sarebbe 33 anni. Praticamente, vale a dire la giovane età che stiamo vivendo."

"Per me non si tratta di farne una questione cristiana o musulmana, Janna!. Mi sento soffocare, ho bisogno di cambiare la mia vita. Forse la vicenda mi libererà dalla depressione. Forse l'infanzia mi restituirà la vitalità e l'amore per la vita. Anche Isa ha deciso di fare la stessa cosa. Però lui rimarrà per sempre bambino. Ha detto che la fine del mondo si avvicina, e, essendo cristiano, pensa che l'unica strada per il Regno dei Cieli sia il ritorno all'infanzia, come hai detto tu."

Dopo un sospiro, ha continuato con fervore: "Oddio! Immagina se io e Isa tornassimo a quei giorni. Torneremmo a giocare nel quartiere senza preoccupazioni. Correremmo senza sosta. Giocheremmo con le biglie, al gioco delle cinque pietre e a nascondino. Andremmo di nuovo a scuola e ci faremmo nuovi amici."

Ha riso, aggiungendo: "Ti prometto che sarò un bravo bambino. Non ti disobbedirò. Mamma diceva sempre che ero maturo da ragazzino, quindi non preoccuparti."

"Zayd, Zayd, Zayd, ma che ti salta in mente?" l'ho interrotto agitata, "Sicuramente puoi riprogrammare le cellule del tuo corpo e diventare fisicamente più piccolo. Così come puoi ridurre le tue capacità intellettive fino a renderle simili a quelle di un adolescente. Ma nel complesso la tua mente, la tua coscienza e la tua maturità sociale non verranno spazzate via. Sarai sempre tu, ma nel corpo di un bambino. Non cambierà niente di te, a parte la tua fisicità."

Ho sospirato profondamente, ammonendolo: "Non pensare che sarai come i concorrenti del reality show di ieri. Loro verranno riportati al loro primo giorno di vita. Tutti i loro ricordi verranno cancellati. Significa che torneranno davvero bambini. Ripercorreranno tutta la strada, non solo metà."

Stavo cercando di farlo ragionare, di fargli capire cosa implicasse davvero la sua decisione. Ma, a dir la verità, stavo anche pensando a cosa significava per me tutto ciò e a cosa volesse dire questa avventura per il nostro rapporto.

In quel momento mi è venuto in mente Kamil, e mi sono vergognata di me stessa.

Ero sull'attenti, stavo cercando di non toccare la natura della nostra relazione, priva di intimità da anni. Anche in passato era capitato diverse volte. Di solito, era una decisione tacita da entrambe le parti. Avevamo smesso di sfiorarci a vicenda dopo aver perso il piacere del contatto fisico. Ci eravamo allontanati, fisicamente ed emotivamente. Eravamo diventati come fratello e sorella, senza mai parlarne apertamente. Avevamo fatto finta di non notare come la nostra relazione fosse cambiata, e ci eravamo attaccati al suo guscio vuoto. Pensavamo che, per un matrimonio, i lunghi decenni passati insieme fossero più importanti di ciò che accadeva in camera da letto. Per questo, nonostante sapessi che non sarebbe cambiato niente per me tra il lui bambino e il lui adulto, mi ero ritrovata a chiedergli: "E poi, come pensi che diventerà la nostra relazione?"

Mi aveva guardata attonito, forse stava cercando di capire se mi stessi davvero riferendo a quello. Dopo essersi ricomposto, mi aveva risposto calmo: "Janna, non negherò che ci sia un problema nella nostra sessualità. Forse uno dei motivi è che non ci penso neanche più, al sesso. E, forse, in questo momento ciò di cui abbiamo bisogno è esattamente un cambiamento di questo tipo."

"Forse hai ragione," gli avevo risposto, cercando di cancellare ogni traccia dei sentimenti che Kamil aveva risvegliato dentro di me quella mattina.

"Non devi rispondermi subito. Pensaci su e fammi sapere." Aveva alzato lo sguardo, si era raddrizzato sulla sedia, e poi mi aveva chiesto improvvisamente: "Adesso tocca a te. Di cosa volevi parlarmi?"

Nel momento esatto in cui aveva formulato la domanda, l'orologio si era acceso, mostrando la notifica di un messaggio. Sullo schermo era apparsa per un attimo la foto di Kamil, per poi sparire e lasciar posto al numero uno sull'icona delle notifiche non lette. Avevo subito sbattuto le palpebre per leggere il messaggio prima di rispondere a Zayd.

"Janna, mi ha fatto piacere conoscerti stamattina. Sei libera domani per un caffè?"

Avevo ignorato il messaggio, e avevo iniziato a confessare a Zayd tutto ciò che avevo dentro. Anche il mio discorso era claudicante e inframmezzato da momenti di silenzio.

"Zayd, anche io, come te, mi sento depressa da tempo."

"Onestamente, sono spaventata. Ho paura di perdere Jamal."

"Nessuno della mia famiglia sarà più in vita."

Mi era mancato il respiro quando avevo parlato della morte di Jamal. Il solo pensiero bastava a farmi agitare ancora di più. Avevo cercato di trattenere le lacrime, ma la tenerezza di Zayd e la sensazione di calore della sua mano sul mio braccio le avevano fatte sgorgare come un fiume in piena. Mi aveva guardata con compassione e mi aveva interrotta subito: "Sono io la tua famiglia, Janna. Lo sono sempre stato, e lo sarò per sempre."

Stavo per rispondere ricordandogli cosa aveva detto poco prima. Come poteva essere la mia famiglia se stava pensando a un modo per scappare da me? E come potevo affermare con sicurezza che l'avrei tenuto al mio fianco, quando dentro di me qualcosa mi diceva di volerlo fuori dalla mia vita? Lui era davvero sempre stato la mia roccia e il mio sostegno nel corso degli anni. Era il muro su cui mi poggiavo, il petto che mi scaldava il viso. Era mio marito, il mio più caro amico, e molto altro. Per questo non riuscivo a capire la mia avversione nei suoi confronti, né le mie fantasie riguardo al rimpiazzarlo.

Forse quei sentimenti che mi avevano allontanata da lui erano il motivo della mia crescente paura della solitudine, e del mio attaccamento sia a Jamal che al mio sogno di far tornare mia madre.

"Una volta stavo guardando un talk show in cui c'era un'attrice egiziana di cui non ricordo il nome. Il conduttore le aveva chiesto di raccontare l'impatto che aveva avuto la morte della madre su di lei. Sai cosa ha risposto?"

"Cosa?"

"Gli ha risposto che sua madre non era morta, ma era ancora viva accanto a lei. Ha detto che era impossibile per una figlia credere che sua madre fosse morta, non importa quanto tempo sia passato."

"E io, dopo tutti questi anni, non riesco a credere che mamma sia morta."

"L'ho sognata stanotte," avevo sorriso. "Era un sogno strano, non saprei come spiegarlo. Mi ha detto che sta bene e che sente la mia mancanza."

"Anche a me manca. Molto."

"Lascia che ti dica una cosa. Ho chiesto a uno specialista. Il codice genetico di mamma è disponibile. Impiantarlo in una cellula e farlo diventare un feto è molto facile. Sai che mi sono sempre detta contraria all'avere figli. So di averti fatto un torto. Ma se Jamal se ne va, mamma deve tornare. La cellula può essere impiantata nel mio utero."

Poi avevo concluso in un sussurro: "E mamma tornerà in vita..."

È ironico che io stia male allo stesso modo quando ferisco qualcuno che amo e quando qualcuno che amo ferisce me. Sono proprio le situazioni in cui sono costretta a ferire consapevolmente e con premeditazione persone a me care che mi fanno provare una sofferenza più forte. Per questo provavo un dolore lacerante al cuore mentre ero nascosta dietro la porta della camera di Jamal e origliavo intanto che Zayd gli leggeva l'articolo di Jihan.

Imporre, come condizione per accettare la volontà di Zayd di tornare bambino, la realizzazione del mio desiderio di portare mia madre in grembo non era un comportamento che mi si addiceva. Mi ero pentita di ciò che avevo fatto, perché non amavo il principio di scambiarsi favori in questo modo in un matrimonio. Io e Zayd eravamo abituati a scambiarci favori l'un l'altro senza limiti, gratuitamente. Era un dare e ricevere guidato dalla tacita comprensione, da parte di entrambi, del dovere di assicurare benessere e felicità al proprio compagno di vita.

Mi ero vergognata di me stessa quando Zayd mi aveva sorpresa affrontando la questione in modo maturo. Non aveva esitato ad affermare che portare in grembo il codice genetico di mia madre non significava riportare in vita lei. Si sarebbe trattato sì di una nuova persona con il suo stesso corredo genetico, ma con una coscienza e un'anima diverse. Così come io non mi ero trattenuta dal ricordargli che tornare bambino non gli avrebbe restituito il passato in cui aveva vissuto né la felicità che stava cercando. Tuttavia, mi aveva assicurato che mi sarebbe stato accanto e mi avrebbe aiutata a realizzare il mio desiderio di partorire, anche se io non avessi acconsentito a ciò che voleva lui. Mi aveva anche confortata dicendomi che non sognava più un figlio con il suo nome: ormai la sua vita sulla terra non era più limitata come lo era in passato. Adesso il suo unico desiderio era abbandonare il mondo degli adulti per navigare di nuovo verso quello dei bambini.

A me sembrava che fossimo entrambi impazziti. Uno strano desiderio ci spingeva a liberare la nostra relazione dall'immobilismo nel quale era caduta.

Mi ero azzardata a spiegargli che per raggiungere il mio sogno sarebbe stato necessario convincere Jamal a imporre che fossi io ad acquisire il diritto di partorire riservato alla nostra famiglia in seguito alla sua morte. Gli avevo raccontato del fulmine a ciel sereno che Jihan mi aveva fatto cadere addosso quella mattina, informandomi della sua intenzione di reclamare quel diritto in favore di lei e dei suoi figli. L'avevo aggiornato riguardo all'articolo che lei aveva scritto e gli avevo fatto notare la contraddizione tra ciò che vi predicava e le azioni che compiva nella vita reale.

Gli avevo spiegato che lavorava sempre preoccupandosi soltanto dei suoi interessi senza curarsi delle conseguenze delle sue azioni. Avevo insinuato che avesse scritto l'articolo per soddisfare i suoi superiori senza pensare alle conseguenze che avrebbe potuto avere sulle vite di chi le stava intorno. Gli avevo detto che forse non si era ancora resa conto di ciò che avrebbe significato quella legge per lei, né dell'impatto che avrebbe avuto la sua immediata attuazione sulla possibilità di procreare su cui voleva mettere le mani. Inoltre, con tutta probabilità, sia la legge che Jamal erano l'ultimo dei suoi pensieri, perché pensava solo al suo tornaconto e non guardava al di là del suo naso.

Zayd mi aveva chiesto se Jamal avesse letto l'articolo. Gli avevo risposto di no, spiegandogli di averlo cancellato dalla rete domestica per impedire che lo leggesse e ne rimanesse turbato. Aveva rispettato la mia volontà di proteggere Jamal, ma riteneva che l'articolo offrisse l'opportunità di sabotare Jihan e far pendere l'ago della bilancia dalla mia parte. Mi aveva proposto di mettere immediatamente Jamal al corrente dell'articolo, prima che Jihan arrivasse, quella sera.

Avevo esitato ad accettare la proposta di Zayd. Come potevo contribuire all'infelicità della persona a cui volevo più bene al mondo, soprattutto nel suo momento di maggior debolezza? Eppure, mi ero stata zitta e avevo assentito con riluttanza. Jihan non mi aveva lasciato scelta, e il tempo – come al solito – non era minimamente dalla mia parte.

Era un tentativo disperato: sapevo già quali sarebbero state le conseguenze, perché Jihan aveva un tale ascendente su Jamal da poter contrastare le mie ingerenze. Lui era capace di perdonarla e giustificarla anche quando lo faceva soffrire o gli faceva un torto. E quella sera la situazione non fu diversa, nonostante Zayd gli avesse letto attentamente l'articolo e fosse tornato più e più volte sulle frasi provocatorie: *"Il governo dovrebbe accelerare l'approvazione delle norme"*, *"Dobbiamo riempire il vuoto legislativo"*, *"Non si è mai legiferato sul suicidio prima d'ora"*. Nonostante quelle parole avessero intristito Jamal, l'effetto era durato appena qualche minuto. La sua tristezza si era tramutata in felicità non appena Zayd gli aveva detto che Jihan sarebbe venuta a fargli visita.

Una volta tanto, non ero infastidita dalla sua felicità nell'incontrarla, perché non potevo sopportare di vedere il suo viso velato di tristezza per colpa mia. Tuttavia, avevo subito sentito montare la rabbia seduta stante alla vista di Jihan, seguita a ruota da Khalid.

Mi sarei dovuta aspettare che l'avrebbe portato, dopotutto era un affare di famiglia.

I suoi capelli non erano gonfi come quella mattina e sembrava più alta con quelle scarpe rosse dai tacchi vertiginosi. Si era avvicinata a me, chinandosi per baciarmi come se fossimo migliori amiche o non ci fossimo viste in ufficio appena qualche ora prima. Poi si era staccata, dirigendosi verso la camera di Jamal. Le ero andata dietro, osservando i suoi passi incerti su quei tacchi, i jeans attillati e la blusa trasparente.

Gli si era avvicinata e gli aveva baciato la fronte, anche se di solito non lo faceva. Gli aveva chiesto delle sue condizioni di salute, poi si era seduta sulla sedia accanto al letto, dicendo in tono scherzoso: "Quindi, non hai cambiato idea?"

Jamal aveva scosso la testa, sorridendo debolmente.

Per un attimo avevo creduto davvero che quelle parole fossero frutto della volontà di Jihan che Jamal continuasse a vivere, ma era solo una frase di circostanza. Però, era comunque abbastanza per fargli venire voglia di rimanere, anche solo qualche altro anno.

Mi ero allontanata alcuni minuti per preparare il caffè.

Al mio ritorno, Jihan aveva cambiato posizione: aveva la schiena dritta e le gambe accavallate. Aveva preso una tazzina di caffè dalle mie mani e ne aveva bevuto un sorso, per poi poggiarla sul tavolino di fronte. Aveva detto in tono formale: "Jamal, visto che sei così deciso a andartene, dobbiamo discutere la questione dell'eredità."

Aveva spostato lo sguardo da Jamal, a Khalid, a Zayd, per poi fissarlo su di me, e aveva proseguito: "Janna, Jamal, mi dispiace. Non prendetevela con me, ma in certe circostanze bisogna essere pratici. Non sto parlando dell'eredità monetaria, sulla quale la legge è ben chiara." Aveva fissato lo sguardo su Jamal, continuando con lo stesso tono di voce: "Sto parlando della possibilità per i membri della tua famiglia di ereditare la tua vita."

Il mio cuore aveva preso a palpitare ansiosamente per l'effetto che avrebbero potuto avere le sue parole su di lui. Avevo provato a interromperla, ma non mi aveva lasciato il tempo di intervenire. Mi ero avvicinata a lui e gli avevo posato una mano sulla spalla, ma lei aveva ripreso imperterrita: "Si sente parlare ogni giorno di pesanti liti familiari riguardo a questo stesso tema. Di norma, come sapete, questo diritto viene ereditato dal primogenito. Io e Khalid ne abbiamo discusso e abbiamo deciso che, poiché sono ancora in vita e diventerò la più grande della famiglia quando Jamal se ne andrà, la cosa migliore è che l'eredità passi a me."

Avevo alzato involontariamente le sopracciglia alle parole *la più grande della famiglia*. L'avevo vista lanciarmi un'occhiata fulminea mentre pronunciava quelle parole, ma non avevo fatto alcuna osservazione. A dire il vero, nessuno di noi aveva aperto bocca. Khalid era l'alleato che lei aveva persuaso prima di venire. Jamal era impotente di fronte alla vista e ai desideri di Jihan dal momento in cui l'aveva incontrata per la prima volta. Zayd non aveva il coraggio di intromettersi negli affari di famiglia, visto che non lo riguardavano. E io volevo evitare discussioni riguardo a una questione che il mio cuore riteneva in qualche modo sacra. E poi, avevo paura che la discussione prendesse una brutta piega, e facesse preoccupare e agitare Jamal durante i suoi ultimi giorni.

Jihan aveva approfittato del nostro silenzio per prendere un documento dalla borsa. L'aveva messo sul tavolino di fronte a lei, proseguendo: "Ho parlato con il mio avvocato. Ha preparato il testamento per me. Non devi fare altro che scrivere il nome del beneficiario qui, nello spazio vuoto, e attestare le tue ultime volontà mettendo la tua firma e la data di oggi qui sotto." Aveva preso una manciata di confetti alle mandorle dal piatto, se li era messi in bocca e, mentre masticava in modo disgustoso, aveva concluso: "Non devi firmarlo subito. Tornerò a prenderlo domani sera."

Jihan non aveva protratto oltre la sua visita. Se n'era andata appena qualche minuto dopo aver portato a termine la missione per la quale si era disturbata a venire. Avevo accompagnato lei e Khalid alla porta e li avevo salutati, impassibile. Subito dopo, ero tornata in camera di Jamal. Mi ero seduta sul letto accanto a lui, gli avevo baciato la fronte e gli avevo sussurrato: "Non preoccuparti, la conosci, è sempre stata così." Aveva abbozzato un leggero sorriso senza proferire parola.

Gli avevo preso la mano e l'avevo baciata, per poi posarla sul mio ginocchio. Avevo guardato a destra, verso la fotografia di mamma sul comodino accanto al letto. Avevo sospirato, soppesando ogni parola: "Jamal, sai da cosa deriva la parola *akh*, 'fratello'? Mamma diceva sempre che deriva da *aakh*, 'dolore', perché non c'è niente al mondo che possa alleviare il tuo dolore come tuo fratello."

Avevo stretto la sua mano e, cercando di non far trasparire i miei sentimenti dalla mia voce, gli avevo chiesto in tono scherzoso: "A chi potrò dire *aakh* quando tu non ci sarai più?"

Avevo riso e continuato: "Ti ricordi quando eri piccolo e la mamma ti aveva comprato una macchinina? La amavi così tanto che quando avevi visto il funerale di un artista famoso in televisione avevi pregato mamma di seppellire quella macchinina insieme a te quando saresti morto. Mamma aveva dato in escandescenze e ti aveva detto: 'Dio non voglia, non dirlo più'. Io ero piccolissima, e le avevo detto di non dire *Dio non voglia*. Che male c'era, se chi moriva tornava a Dio?"

Avevo intrecciato le mie dita con le sue, passando con delicatezza la mano sinistra sul suo braccio esile. Avevo coperto con l'indice la luce rossa del suo braccialetto, quello che rilevava i suoi parametri vitali e indicava i pochi giorni che gli rimanevano. Posando la testa sulla sua spalla, ero andata avanti: "Adesso te ne stai per andare, e io non faccio altro che pensare tra me e me: *Dio non voglia, Dio non voglia, Dio non voglia.*"

Era immobile accanto a me, come se non avesse sentito. Era mezzo incosciente, e aveva detto con voce spezzata e a malapena udibile: "Janna, apri la porta. Mamma e papà sono venuti a prendermi."

Desideravo che fossero davvero lì. Mi sarei precipitata verso la porta, l'avrei aperta e mi sarei buttata tra le loro braccia. Li avrei stretti forte e pregati di non portare via solo Jamal. Avrei abbandonato il mio corpo e avrei baciato i loro piedi. Avrei implorato le loro anime di portarmi con loro, ovunque fossero.

Ma Jamal stava delirando, e io stavo facendo la stessa cosa.

Qualche secondo dopo, i suoi occhi erano cambiati ed era tornato cosciente. Aveva chiesto un bicchiere d'acqua. Ero andata subito a prenderglielo. Al mio ritorno, aveva la fronte imperlata di sudore. Gliel'avevo asciugata e poi gli avevo inumidito il viso. Sembrava che si stesse riprendendo, per cui mi ero seduta di fronte a lui e gli avevo detto: "Mamma ha fatto visita anche a me, ieri notte. Mi ha detto che sta bene e che le manchi." Avevo mentito.

"Domani sarete tutti insieme lassù. Se andrà tutto bene, prometti che tornerai a prendermi?" l'avevo punzecchiato.

Aveva sorriso, annuendo.

"Promettimelo," avevo insistito.

"Te lo prometto," aveva sussurrato flebilmente.

"Jamal, posso chiederti un'ultima cosa?"

Aveva annuito, in attesa, ma in quel momento non riuscivo a dirgli nulla. Mi sentivo soffocare. Era come se la mia anima preferisse abbandonare il mio corpo piuttosto che far sentire a Jamal la mia richiesta riguardo all'eredità.

Avevo asciugato le lacrime e chiuso gli occhi. Mi ero pizzicata il naso e avevo fatto un respiro profondo. Mi ero ricomposta e avevo mormorato: "Si tratta di una richiesta delicata. Non riesco a parlartene. Non riesce a venire fuori."

Gli avevo preso la mano e l'avevo baciata una seconda, una terza e una quarta volta, fino a quando non ebbi la forza di dirgli: "Voglio essere io a ottenere la possibilità di partorire che lascerai andandotene, Jamal. Voglio rimanere incinta. Voglio qualcuno che riempia il vuoto che lascerai."

12. Portale spirituale

Avevo fame, sentivo lo stomaco pesante e delle fitte nella zona lombare. Mi ero diretta furtivamente in cucina per cercare del cibo. Avevo aperto il frigorifero e avevo dato uno sguardo. Era deprimente. Praticamente vuoto. Sulla destra c'erano tre uova, e una si era anche spaccata, riversando il contenuto appiccicoso sul ripiano. L'odore era disgustoso. Mi era venuta la nausea. Avevo tossito. Al centro, il primo ripiano era vuoto, mentre sul secondo c'erano due cipollotti accanto a un piatto scoperto di humus, che sicuramente non era più buono. Avevo preso i cipollotti e avevo chiuso il frigorifero. Mi ero girata a destra. La padella sui fornelli era sporca, c'erano dei resti di cipolla fritta. Mi ero avvicinata e avevo alzato il coperchio della pentola accanto, ma c'era soltanto un po' di zuppa di pomodoro con la quale avrei a malapena potuto riempire una tazzina da caffè. Avevo rimesso il coperchio al suo posto e mi ero girata a sinistra, verso il sacchetto del pane abbandonato sul pavimento piastrellato. Ma, quando ero sul punto di aprirlo, avevo sentito mia madre dire: "La cipolla è per Jamal, non mangiarla."

La sua apparizione improvvisa mi aveva fatta sobbalzare. Tuttavia, nonostante la fame, le sue parole non mi avevano infastidito. Era come se mi avesse fatto notare un mio sbaglio, per cui mi ero ravveduta. Come potevo mangiare la cipolla di Jamal?

Era seduta in salotto con la testa china, intenta a progettare un dipinto del quale non riconoscevo i contorni. Sembrava rilassata, mentalmente e fisicamente, circondata da un'aura di quiete, come se fosse in un altro mondo.

L'avevo lasciata lì e mi ero diretta in camera di Jamal. Al contrario di lei, lui era esausto, sdraiato sul letto, spossato, malato, con la febbre alta e la fronte madida di sudore. Il suo corpo aveva un aspetto giovane, mi aveva ricordato i suoi giorni da ragazzo. Ma, nonostante apparisse così, avevo capito che era sul letto di morte.

Gli avevo dato la cipolla, dicendogli: "Questa è per te, da parte di mamma."

L'aveva presa e addentata voracemente.

Dopo aver ingoiato, aveva chiuso gli occhi, esalando l'ultimo respiro. In quel momento, avevo sentito il suo spirito insediarsi dentro di me, e avevo percepito il feto muoversi nel mio grembo. Scalciava continuamente, con una forza tale da farmi male.

Mi ero svegliata nel mio letto, stanca, in un bagno di sudore, affamata. Avevo posato una mano sul ventre, chiedendomi cosa significasse quel sogno.

In passato, ero solita osservare l'armonia della morte e della vita nelle famiglie attorno a me. Di solito, quando arrivava un neonato in una famiglia in corrispondenza della morte di un suo membro anziano, la consideravo una coincidenza. Era altrettanto naturale che venissero al mondo i nipoti quando ai nonni rimaneva poco da vivere. Ma i tempi sono cambiati, così come l'equazione della vita, e la questione è diventata più chiara. Infatti, oggi le famiglie sono diventate velocissime nel sostituire un membro deceduto. È come se ci fosse un filo invisibile che collega chi se ne va e chi arriva. La filosofia buddhista ha consolidato oscuri segni riguardo al principio della reincarnazione. È come se gli spiriti di chi muore fluttuassero in una stanza sul retro, in fila d'attesa, impazienti di afferrare l'opportunità di nascere di nuovo e tornare sulla terra.

Quel sogno aveva cambiato il modo in cui vedevo il mio utero: non più uno strumento per procreare, ma un portale spirituale tramite il quale restituire al mondo quegli spiriti che aveva perso. Mi ero addossata la responsabilità di far tornare i membri della mia famiglia, uno dopo l'altro, se il destino fosse stato gentile con me. Speravo di poter riportare in vita per prima mia madre, che adoravo. Il secondo sarebbe stato Mu'in, il mio carissimo padre. Il mio ultimo figlio, il più viziato, sarebbe stato mio fratello, il mio compagno di avventure, Jamal.

Mi ero ricordata che Kamil mi aveva invitata a bere un caffè quella mattina. Mi ero rigirata nel letto, perché sentivo il bisogno di rimanere ancora un po' sotto le coperte, ma il pensiero di incontrare Kamil mi aveva un po' rinvigorita. Avevo guardato l'orologio: erano le nove in punto. Ci saremmo dovuti incontrare poco dopo, ma non avevo intenzione di lasciare Jamal da solo, visto il peggioramento dei suoi parametri vitali e le condizioni critiche indicate dal bracciale. Perciò, avevo pensato di invitare Kamil a casa.

Era arrivato all'ora prestabilita. Era bello come suo nonno. Indossava una camicia bianca a strisce blu sbiadite, che mi aveva ricordato ciò che indossava Kamil tanto tempo prima. Le maniche della camicia erano arrotolate attorno all'avambraccio come faceva sempre suo nonno: sembrava che avesse ereditato anche le semplici abitudini, oltre che i suoi geni. L'avevo salutato come se ci conoscessimo da tempo: l'avevo abbracciato, gli avevo stampato un bacio sulla guancia e l'avevo fatto accomodare in salotto.

Dicono che ognuno di noi abbia un aroma che interagisce in maniera particolare con i profumi che indossiamo, ma il profumo Yves Saint Laurent produceva lo stesso identico risultato sul nonno e sul nipote. Sentivo lo stesso aroma, lo stesso profumo, la stessa attrazione.

"Mi dispiace aver cambiato posto. Non potevo prendere e lasciare Jamal da solo, viste le sue condizioni."

"Nessun problema. Piuttosto, come sta Jamal? È stanco?"

"Ieri gli è venuto un leggero ictus ischemico in piena notte. Si è svegliato totalmente privo di energie, e non riusciva neanche a dire l'alfabeto. Probabilmente gliene verranno altri, a distanza sempre più ravvicinata."

Mi sentivo un po' in soggezione, quindi avevo proposto: "Ti andrebbe di sederci in giardino?"

Ci eravamo diretti verso il giardino. Lungo la strada, avevo detto in un tono che speravo sembrasse spontaneo: "E comunque, sei la fotocopia di tuo nonno."

Aveva sorriso e annuito: "Me lo dicono tutti, anche se io non me lo ricordo più di tanto."

Io, al contrario, me lo ricordo benissimo, avevo pensato, ma avevo detto a voce alta: "Pace all'anima sua. Quando è venuto a mancare?"

"Nel giugno del 2052. Gli è venuto un infarto mentre era a un concerto di Sabbuha a Jerash."

Per poco non ero caduta mentre scendevo i tre gradini che portavano al giardino. Avevo perso l'equilibrio ripensando alla folla che si era radunata quel giorno alla destra dell'anfiteatro. Dicevano che a qualcuno era venuto un infarto. C'era chi urlava e piangeva. Io mi ero aggrappata al braccio di Zayd, chiedendogli di andarcene dal luogo dell'incidente. Non sapevo che si trattasse di Kamil, quindi mi ero affrettata a liquidare l'accaduto, come se non mi riguardasse. Avevo lasciato che Jihan ci facesse strada verso Sabbuha per farci una foto con lei prima che se ne andasse.

Eravamo sorpresi di averla trovata ringiovanita: al tempo la cura contro l'invecchiamento era ancora riservata esclusivamente all'élite. Se allora Kamil fosse stato ricco, forse avrebbe potuto ricostituire le sue arterie, evitando quell'infarto, e adesso sarebbe stato seduto con noi a sorseggiare il caffè.

Avevo percepito la sua presenza mentre Kamil prendeva la sedia di paglia, la trascinava all'ombra dell'albero di fico e mi chiedeva: "Come l'hai conosciuto?"

Avevo sorriso: "Esattamente come ho conosciuto te, su un mezzo pubblico." Avevo preso il tavolo, sistemandolo tra le due sedie: "Come gradisci il caffè? Dolce come piaceva a lui?"

Mi ero girata verso il grosso ventilatore che, rilevando la nostra presenza, si era acceso per attenuare il caldo rovente del mattino. Mi ero alzata per preparare il caffè, e qualche minuto dopo ero tornata. Glielo avevo offerto insieme a un *ma'mul*, un biscotto ripieno, poi avevo ripreso il discorso: "Davvero, la somiglianza tra te e tuo nonno è impressionante, sembrate la stessa persona."

Mi aveva risposto: "È incredibile che tu appartenga alla medesima generazione di mio nonno. A guardarti non si direbbe proprio."

"Al giorno d'oggi l'età non conta nulla, facciamo tutti parte della stessa generazione," avevo aggiunto con un sorriso.

"Però ci sono persone che si riconoscono per come si vestono, per come parlano, o per il modo in cui si comportano. Anche se ognuna di esse è simile dal punto di vista biologico, ogni generazione ha la sua cultura, le sue idee, le sue abitudini e le sue tradizioni."

Avevo continuato a sorridere mentre lo diceva. Pensavo ai movimenti lenti che mi avevano accompagnata per anni nella mia seconda giovinezza. Era come se fossi stata nel mio corpo da vecchia: ero prudente nel camminare, nel sedermi, nel piegarmi. Avevo paura che qualsiasi movimento brusco avrebbe potuto causare la rottura di qualche osso fragile o lo strappo di qualche tendine debole. Avevo lavorato duramente per sbarazzarmi di quei movimenti strascicati, e ci ero riuscita. Eppure, non avevo mai riacquisito l'audacia dei primi tempi: non mi ferisco più le dita per sbaglio mentre taglio le verdure; non sbatto più il naso sulla porta di vetro del tutto trasparente a causa della fretta; non esco più di casa per poi rendermi conto di aver dimenticato gli occhiali da sole. Inoltre, non inciampo più mentre cammino, se non in rare occasioni, come era accaduto poco prima. Forse tutto ciò è dovuto alla maturità della mia coscienza, o all'essermi abituata a evitare quelle cose banali che il tempo, l'esperienza e gli sbagli mi hanno insegnato essere trappole.

Tuttavia, avevo pensato che mi stesse adulando quando mi aveva detto che il mio aspetto non tradiva l'appartenenza alla mia generazione, perché continuavo a vestirmi allo stesso modo: prediligevo i colori tenui e gli indumenti comodi. Mi piaceva vestirmi in un certo modo, e compravo i vestiti in negozi adatti a persone della mia età. Avevo provato a mettermi al passo coi tempi, per quanto possibile, seguendo le tendenze della moda e scegliendo dalle nuove collezioni ciò che rispecchiava i miei gusti e ritenevo si addicesse a me.

Le sue parole mi avevano fatto prestare attenzione a cosa stavo indossando: un'ampia camicia bianca a righe blu scuro e dei morbidi pantaloni marroni. Prima del suo arrivo, avevo pensato che fossero adatti per prendere un caffè a casa con un "estraneo", ma in quel momento mi ero chiesta se da quegli indumenti trasparisse davvero la generazione a cui appartenevo.

E se anche fosse stato così, sarebbe importato qualcosa?

È divertente che la nostra cultura continui comunque a preferire la giovinezza, nonostante ormai avere molti anni non significhi più mancanza di vitalità e vigore.

"Hai ragione, Kamil. Credo che la prima volta in cui si è stati giovani abbia una grandissima influenza nel determinare le proprie scelte e i propri interessi per il resto della vita. Certamente, ogni generazione verrà influenzata dalla cultura prevalente in quella fase della propria vita." Ho proseguito con la mia riflessione: "Sai, invidio da morire la vostra generazione."

Mi ha guardata stupito: "Perché?"

"Perché siete fortunati. Siete nati in un'epoca in cui c'era già la cura contro l'invecchiamento. L'età e il tempo non hanno mai costituito una fonte di preoccupazione come lo sono stati per noi. Non avete sperimentato il timore per il passare degli anni e per le malattie. Non avete dovuto preoccuparvi di avere un tempo limitato per ottenere qualcosa per realizzarvi e trovare lavoro, come noi. Non avete avuto la necessità di laurearvi poco dopo i vent'anni, trovare un appartamento e sposarvi prima dei trenta, avere figli prima che l'orologio biologico smettesse di ticchettare, convincervi di potervi finalmente godere i vostri figli, solo per rendervi conto che tutto ciò che vi rimaneva era un corpo devastato: dolorante e incapace di funzionare come prima."

Ho accennato una risata e poi ho concluso: "Oggi non credo si possa più parlare di orologio biologico. Il tempo l'ha reso un concetto insignificante, non è più come ai miei tempi."

"Di certo oggi la vita è diversa, ma anche io invidio la vostra generazione. Avete un vantaggio temporale rispetto a noi. Uno come me ci mette anni a ottenere una piccola parte di ciò che hai ottenuto tu professionalmente. Guarda i nomi di spicco nel mondo del giornalismo e della comunicazione oggigiorno: la stragrande maggioranza appartiene alla prima generazione. E non solo, possiedono anche capitali, posizioni di prestigio, terreni, immobili, aziende, tutto. Non ci avete lasciato niente."

Ho ripensato al nostro incontro sulla metro, quando gli ho detto il mio nome. In quel momento avevo pensato che avesse scoperto chi fossi grazie alla mia scheda elettronica, ma a quanto pare mi conosceva già e seguiva i miei articoli e le mie inchieste giornalistiche.

Ha proseguito: "C'è uno squilibrio immane negli equilibri di potere tra le generazioni. Quelli della tua generazione continuano ad accumulare benessere e accrescere la propria ricchezza."

"Ai nostri tempi, si lasciava tutto in eredità ai propri figli, per cui la ricchezza veniva divisa e distribuita alla generazione successiva. Ma adesso le cose sono cambiate: non puoi lasciare un'eredità se non muori," ho ribattuto, sollevando la mia gatta Abla e prendendola in braccio. "Hai già conosciuto la mia Abluccia?"

Ha teso la mano per accarezzarla: "Wow, che begli occhi azzurri che ha. È stupenda. È un persiano?"

"Sì, persiano. Avresti dovuto vederla quando aveva meno di un anno. Era ancora più incantevole, piccola e attiva. Ormai si muove a malapena, dorme tutto il giorno."

Me l'ha presa dalle mani e l'ha posata sulle sue gambe, accarezzandola. "Si è fatta grande, poverina. Quanti anni ha? 14? 15?"

"14."

"Non ti è mai venuto in mente di farla ringiovanire?"

"Ci ho pensato, ma non sono convintissima di utilizzare il trattamento sugli animali quando ci sono ancora tante persone che non possono farlo. Però le sono molto affezionata, e ho ancor più bisogno di lei ultimamente." Mi ero zittita, pensando alla scusa che gli avevo appena propinato.

A dire il vero, una parte di me aveva collegato la sua vita a quella di Jamal. Mi ero ripromessa che, se Jamal avesse deciso di rimanere, l'avrei fatta tornare giovane in un batter d'occhio.

"Sai, Kamil, forse la cosa di cui dovresti essere più grato è essere nato in un'epoca libera da dolore e lutto. La morte era sempre dietro l'angolo in passato. Con ogni scoperta scientifica la spingevamo sempre più distante. L'essere umano non avrebbe mai immaginato di riuscire a ingannare la morte in questo modo."

Avevo agitato la mano per scacciare una mosca poggiata sulla tazzina di caffè. Avevo rivolto lo sguardo al cielo azzurro, e poi agli alberi attorno a noi, quindi avevo allungato la mano per prendere un fiore dalla pianta di gelsomino dietro di me, l'avevo avvicinato al naso, annusandolo e avevo ripreso: "Sembra magia. A volte ho l'impressione di vivere in un sogno, o addirittura in paradiso."

Avevo sospirato. "Ma questo sogno non è completo, e non lo sarà mai." Dopo un attimo di pausa, avevo continuato: "Tempo fa, il mio sogno più grande al mondo era vedere mamma e papà vivere la loro gioventù. Vederli sprizzare salute, vitalità ed energie da tutti i pori, privi di malattie, vecchiaia e dolori."

Eravamo stati improvvisamente interrotti dalla voce della diavolessa, proveniente dal vialetto accanto al giardino. Sembrava quasi che mi stesse spiando mentre ero seduta con Kamil. Mi aveva chiamata: "Janna, Janna," poi si era diretta verso il cancelletto del giardino, l'aveva aperto e si era avvicinata a noi. Mi ero alzata per salutarla: "Jihan, ciao, come va? Siediti."

"Tutto bene. Sono passata per portare una cosa a Khalid e ho pensato di venire a salutarti prima ti tornare in ufficio."

"Certo. Vieni, siediti a bere un caffè con noi."

"No, tranquilla, vado di fretta. Come sta Jamal oggi? Ha firmato il testamento?"

"Jamal è privo di forze, non credo che arriverà a stasera," avevo ignorato la sua domanda sul testamento.

Sembrava scossa. Si era avvicinata per abbracciarmi: "Mi dispiace, tesoro." Dopo aver sciolto l'abbraccio, aveva aggiunto: "Fai solo in modo che firmi il testamento prima che gli succeda qualcosa, altrimenti sarebbe un bel problema."

Sembrava essersi resa conto tutt'a un tratto della presenza di Kamil. Senza aspettare che io rispondessi, si era rivolta a lui: "Mi scusi." Gli si era avvicinata porgendogli la mano, e si era presentata: "Sono Jihan Awad, famosa scrittrice."

L'aveva scrutato attentamente, come se stesse cercando di mettere a fuoco i contorni offuscati di un ricordo che era riaffiorato nella sua mente: "Hai una faccia conosciuta. Ci siamo già incontrati prima d'ora, vero?" Le erano bastati pochi secondi per ricostruire un'immagine chiara del passato. Aveva riso, fiera di sé, proseguendo entusiasta: "Ah, mi sono ricordata. Sei quello che era innamorato di Janna!"

Era stato come ricevere uno schiaffo. La sua sfacciataggine mi aveva lasciata basita. Avevo sgranato gli occhi, ma mi ero ricomposta immediatamente. Avevo cercato di nascondere il mio imbarazzo dicendo: "Jihan, questo è il nipote di Kamil, non è il Kamil che conosci."

L'aveva guardato dalla testa ai piedi, come se volesse assicurarsene personalmente: "Bene, adesso devo proprio andare, sono già in ritardo. Vi conviene finire il caffè prima che si raffreddi." Aveva sorriso facendomi l'occhiolino mentre se ne andava, come se avesse colto appieno la natura dei miei sentimenti.

"Jihan era sposata con Jamal. Siamo abituati al suo essere così, è una vita che parla senza pensare," avevo provato a spiegare a Kamil. "Comunque, di cosa stavamo parlando?"

"Dei sogni."

Dopo che Jihan se n'era andata, aveva iniziato a guardarmi in modo diverso, come se ciò che aveva detto lei l'avesse rassicurato. Gli aveva dato la certezza che i suoi sentimenti nei miei confronti combaciavano con i miei per lui. Non c'era bisogno che ne parlassimo apertamente, forse perché il linguaggio era incapace di descrivere il legame che univa me e Kamil. Non sarebbe stato corretto parlarne in termini di amore, attrazione sessuale o connessione spirituale. L'unica cosa certa era che si trattava di un legame inspiegabile razionalmente, difficile da rinchiudere in una categoria ben definita, ma che allo stesso tempo, per il cuore, era chiaro come il sole.

Come poteva essere altrimenti, visto che mi faceva provare una sensazione di pace assoluta?

Quella pace era stata interrotta dalla suoneria del mio orologio. Era l'avviso che Jamal stava avendo un ictus più violento. Io e Kamil ci eravamo precipitati in camera sua. Ero sicura che fosse giunta la sua ora. Ero lì, al suo capezzale, calma. A quanto pareva, mi ero arresa completamente al volere del fato.

La mia calma in quel momento non era normale. Non avevo paura. Non ero preoccupata, tantomeno triste. Al contrario, provavo una serenità inaspettata. Non sapevo da dove arrivasse quella pace, se dal viso raggiante di Jamal, dall'abbraccio confortante di Kamil, o dall'incapacità della mia mente di funzionare di fronte a quel momento terrificante.

Per la prima volta in vita mia, avevo sentito le lacrime cadere senza essere accompagnate da alcuna emozione. La presenza di Kamil in quel momento mi aveva confermato che era davvero un angelo mandato dal cielo.

Come nel sogno, avevo sentito le mie mani posarsi sul mio ventre, e la mia anima chiamare mia madre.

14. Libertà personali?

Il diritto di scegliere tra la vita e la morte

Mio fratello Jamal è stato un fervido credente per tutta la sua vita. Non ha mai saltato una preghiera o un digiuno, neanche nei suoi ultimi giorni, con il peggiorare delle sue condizioni, quando la vecchiaia ha preso il sopravvento, irrigidendo le sue articolazioni e privandolo della capacità di muoversi. Lo guardavo lottare con il suo corpo, per far sì che gli obbedisse il tanto che bastava a compiere i suoi doveri religiosi e avere la coscienza a posto. Lo osservavo nascondere il dolore mentre si prostrava di volta in volta per pregare, sfidando l'aggravarsi dell'artrite. Una volta privato della forza necessaria a genuflettersi, ha iniziato a pregare in piedi. E, quando i suoi piedi non sono più stati in grado di reggerlo, ha pregato seduto, provando un enorme senso di colpa. Durante i suoi ultimi giorni, pregava sdraiato, supino o su un fianco, mimando con la testa e con gli occhi la prostrazione, che desiderava ardentemente poter compiere.

Nonostante fosse stata trovata e fosse disponibile da tempo una cura per l'artrite, che avrebbe potuto ringiovanire le sue articolazioni, Jamal era contrario a prendere qualsiasi medicina capace di contrastare il naturale invecchiamento del suo corpo. Era convinto che il suo destino fosse scritto nel suo codice genetico, e che il momento della sua morte fosse stato deciso quando era nato. Ha resistito e sopportato. Ha sofferto e lottato. Ha guardato con benevolenza la sua forza diminuire e il suo corpo atrofizzarsi, mentre tutti attorno a lui combattevano per riacquisire la propria giovinezza, la propria forza, il fiore dei loro anni! Era un uomo pio, e ha vissuto appieno. Ha sorriso fino all'ultimo, impaziente di incontrare il suo Signore e di vivere eternamente nella sua ultima dimora, sperando nel paradiso.

La settimana scorsa, prima che lasciasse questo mondo, Jamal era sopraffatto dalla paura, che non era dovuta all'avvicinarsi della sua ora, ma alla possibilità che il suo sogno gli venisse strappato via dal Parlamento, intenzionato ad approvare la legge anti-suicidio. Ci ha lasciati con la paura che qualcuno gli portasse via un basilare diritto personale, cioè il diritto di scegliere tra la vita e la morte. Ci ha lasciati pregandomi di lottare contro questa legge ingiusta.

Vent'anni fa, prima della diffusione della pillola di eterna giovinezza, la vecchiaia faceva parte dell'equazione della natura dell'essere umano. A quel tempo, grazie al costante progresso tecnologico, l'umanità era riuscita a eliminare e prevenire la diffusione di tutte le malattie contagiose che avevano causato ingenti perdite nelle epoche precedenti. Con l'affermarsi dello stato sociale, l'accesso a quantità di cibo senza precedenti, e la crescente attenzione alla salute e allo sport, il numero di persone di mezza età era triplicato rispetto al secolo prima. Si trattava di un incremento naturale, senza nessuna manipolazione della struttura cellulare. Oggi, i nanobot, dotati di intelligenza artificiale, lavorano all'interno delle cellule per ripulirle continuamente dai resti dei processi biologici. Si tratta di un processo tecnologico che esula dai limiti naturali del corpo umano.

Sappiamo tutti il grande contributo apportato da Jamal nell'ambito della biotecnologia. Infatti, è stato il primo a sviluppare un vaccino contro l'Alzheimer, motivato dal desiderio – irrealizzato – di salvare mia madre dalle grinfie di quella malattia. Le sue scoperte nell'ambito della ricerca sulle cellule staminali hanno contribuito alla creazione di trattamenti per diverse malattie che accompagnano l'invecchiamento, come il Parkinson e il diabete. In questo articolo non c'è spazio a sufficienza per parlare di tutte le conquiste mediche di Jamal, poiché la sua storia ne è costellata, ma era doveroso fare questi piccoli cenni per dimostrare che Jamal non ha mai ricercato l'immortalità durante la sua attività. Il suo obiettivo era invece quello di sostenere l'umanità e offrirle una certa possibilità di scelta. Non avrebbe mai immaginato che un giorno le sue scoperte mediche avrebbero trasformato la morte da qualcosa di inevitabile a una speranza negata.

Tralasciando la questione religiosa riguardante l'interpretazione dei versetti coranici e degli ahadith *alla luce dell'attuale situazione, e contrariamente al mio aver scelto l'eterna giovinezza e di rimanere in vita, non posso che condannare il tentativo del governo di limitare le libertà personali di ciascun cittadino.*

In un mondo in cui la tecnologia è diventata un mezzo potente per controllare ogni singolo aspetto della vita umana, essa ci impone anche di consacrare le libertà personali e metterle più in alto nella scala dei nostri valori morali. Se non difenderemo i diritti e le libertà individuali, perfino uno atroce come il suicidio, arriverà il giorno in cui diventeremo schiavi del tempo, incapaci di reagire alla sua oppressione e alla sua crudeltà.

Janna Abdallah

Alla fine, ero riuscita a raccogliere i miei pensieri e concludere l'articolo una settimana dopo la scomparsa di Jamal. Avevo il dovere di comunicare le volontà di Jamal, anche se il dolore che mi aveva stretto il cuore per tutta la settimana mi aveva fatto dubitare di ogni riga scritta nell'articolo.

Come potevo difendere libertà personali che non uccidevano solo chi sceglieva la via della morte, ma anche chi rimaneva in vita? Come potevo difendere il diritto di chi decideva di morire, e non difendere il diritto di coloro che gli volevano bene di sfuggire al tormento derivante dalla loro dipartita? Come potevo difendere la volontà di morire di un fratello, che lasciava sola al mondo sua sorella, la sua compagna di avventure, la affliggeva con la sua mancanza, e la tormentava con ciò che rimaneva di lui – ricordi e foto sparse? Tutte cose che il tempo non avrebbe cancellato, e i giorni non avrebbero alleviato.

Avevo incolpato me stessa e mi ero rimproverata durante quella settimana: come aveva potuto il mio cuore rimanere a guardare in silenzio Jamal avere quegli ictus che l'avevano portato alla morte senza interferire? Avevo perso la ragione quando mi ero costretta a rispettare la sua decisione? Perché non mi ero opposta con più veemenza? Perché non l'avevo pregato con più forza? Perché non mi ero messa in mezzo, chiedendo ai suoi medici di inserire i nanobot nel suo corpo?

Avrei potuto salvarlo. Avrei potuto trattenerlo. Ma non l'avevo fatto. Non sapevo che perdita straziante avrebbe rappresentato la sua dipartita? Non ero forse consapevole che si sarebbe trattato di un addio eterno?

Mi sentivo così detestabile. Ero felice di assicurarmi la possibilità di partorire, abbandonando Jamal al suo destino, perché tanto avevo un rimpiazzo. Ero davvero orribile. Credevo che i suoi ultimi giorni fossero un periodo difficile che sarebbe passato e finito. Qualcosa dentro di me aspettava ardentemente la fine di quell'incubo. Non vedevo l'ora di assistere alla pace che ne sarebbe conseguita, ma questa sarebbe pace?! Ero stata una gran stupida, così come lo ero stata quando se n'era andata mia madre. Ero proprio folle. Non è forse da matti rallegrarsi per essersi sbarazzati delle persone che si amano di più?

Aveva ragione Gibran, il famoso poeta e scrittore libanese, quando disse: "Continuo a credere che le persone non muoiano tutt'a un tratto, ma un po' alla volta. Una parte di noi muore ogni volta in cui ci lascia un amico, o un amante; poi arriva la Nera Mietitrice, trova tutti i pezzetti morti, li prende, e se ne va."

L'ha detto in altri termini anche Mustafa Khalifa, lo scrittore siriano, nel suo libro *La Conchiglia*: "Non si muore tutt'a un tratto. Ogni volta in cui muore un parente, un amico, o qualcuno che si conosce, muore anche quella parte che era occupata da loro. E, con il tempo e l'accumularsi delle morti, aumentano anche le parti che muoiono dentro di noi. Lo spazio occupato dalla morte si fa sempre più grande. Il cimitero che ho dentro è enorme. La notte apre le sue porte... e coloro che vi dimorano mi guardano. Mi parlano e mi rimproverano."

Quel cimitero di cui parla Khalifa si è allargato dentro di me per fare spazio a un nuovo ospite. È diventato una casa che riunisce tutti i miei cari, per i quali provo una nostalgia tale da aver acceso dentro di me il desiderio di scavare un'altra tomba per poter riposare in mezzo a loro. Solo allora potrò rilassarmi e trovare la pace eterna che mi è sempre stata negata.

Quanto appare crudele il mistero del destino, quando ci rendiamo conto che più viviamo e più ci aggrappiamo alla vita, più la morte si fa largo dentro di noi!

Neanche Abla era riuscita a sopportare la perdita di Jamal. Mi aveva lasciata per ricongiungersi con lui. Il mio cimitero interiore aveva creato un posto riservato a lei quando avevo trovato il suo corpicino privo di vita due giorni dopo la morte di Jamal. Era raggomitolata in posizione fetale sul suo letto, come se stesse aspettando che arrivasse, la prendesse in braccio e la portasse con lui. Non aveva neanche aspettato che mi riprendessi dall'avvento della morte di mio fratello. Al contrario, aveva colto l'occasione per accrescere il mio dolore e spargere il sale sulla mia ferita aperta.

Avevo messo da parte il mio articolo e mi ero immersa negli innumerevoli attestati che Jamal aveva ottenuto nel corso della sua carriera professionale. Un attestato di riconoscimento rilasciatogli durante la conferenza mondiale sulle cellule staminali tenutasi al BIOCANT, in Portogallo, nel 2021, per aver sviluppato una nuova tecnologia per l'impianto delle cellule staminali nel cervello e il debellamento del Parkinson. Un premio del 2018 da parte della METHUSELAH FOUNDATION, una fondazione americana impegnata nell'aumentare la longevità dell'essere umano, per essere riuscito a creare un metodo efficace per raddoppiare la durata della vita di un topo di laboratorio, incredibile per l'epoca. C'era anche un attestato di partecipazione alla conferenza mondiale sulla medicina rigenerativa a Lipsia, in Germania, del 2025, per celebrare il suo contributo alla realizzazione del vaccino contro l'Alzheimer. Inoltre, decine di conquiste mediche più che sufficienti a inserire il nome di Jamal tra le menti più eminenti della storia moderna.

Quanto eri eccezionale, Jamal! Hai salvato il mondo intero, ma non hai salvato te stesso.

Il suo funerale era stato maestoso. Erano arrivati le donne e gli uomini più importanti del paese, preceduti dal re Husayn II e dal Primo Ministro Thuraya Mahmud. Gli scienziati della nazione e di tutto il mondo si erano riuniti nel giardino di casa nostra per rendere omaggio a lui e ai suoi traguardi. Noi familiari, invece, eravamo lì riuniti per confortarci l'un l'altro e stringerci in quel momento di sofferenza.

La morte oggi è più difficile rispetto al passato, perché è diventata più rara.

Avevo lasciato che fossero Jihan e Khalid a occuparsi dell'organizzazione del funerale. Non avevo le forze di starci dietro, in quel momento trovavo difficile anche alzarmi dal letto. Zayd non mi aveva lasciata sola neanche un momento, dimostrando una dolcezza infinita che non aveva da tempo nei miei confronti, e che mi era mancata profondamente.

Anche Kamil passava a casa tutti i giorni per darmi conforto. Il solo vederlo mi rasserenava, forse perché associavo la sua presenza alla vicinanza di mia madre.

Omar era apparso sul palcoscenico. Era entrato tutto energico, con un enorme cucchiaio tridimensionale sulla schiena. Il suo sorriso affascinante metteva in secondo piano il resto, sembrava essere sicuro di sé come mai lo avevo visto prima. Si muoveva agilmente, e il suo corpo era snello, adesso che la piccola gobba sulla sua schiena era scomparsa. I suoi occhi erano più luminosi e grandi, senza più la pelle cadente attorno e le borse gonfie sotto. Si era avvicinato alla conduttrice Hilda, che l'aveva salutato e gli aveva chiesto: "Omar, come ti senti oggi?"

Lui aveva risposto alzando il pollice verso il pubblico, come a dire che era più in forma che mai, dopodiché aveva mosso il cucchiaione su e giù dieci volte dietro la schiena, prima di posarlo a terra da una parte.

"A quanto pare Omar si sta preparando per partecipare alle Olimpiadi," aveva commentato Hilda ridendo. Si era rivolta al pubblico: "A quattro settimane dall'inizio del programma, l'età biologica di Omar è diminuita di quarant'anni. Oggi Omar è un uomo di mezz'età, secondo gli standard del secolo scorso. Stasera, cari telespettatori, daremo ai concorrenti l'occasione di celebrare una persona che considerano avere molta importanza nelle loro vite." Hilda aveva guardato Omar. "Dicci, Omar, qual è la persona che ha lasciato un'impronta nella tua vita e desideri ringraziare oggi?"

Omar aveva avvicinato il microfono alla bocca, si era girato verso la telecamera e aveva detto: "C'è una persona della quale non dimenticherò mai la generosità nei mei confronti. Una donna meravigliosa che mi illuminava ogni giorno allo spuntar del sole. Il suo sorriso mi ha confortato in tempi difficili, la sua compassione e la sua gentilezza mi hanno supportato nei momenti di bisogno. Era la madre che non avevo mai conosciuto, nonostante sembrasse mia nipote dopo essere tornata giovane. La conoscete tutti per i suoi bellissimi scritti, ma io, nonostante non riesca neanche a leggere, conosco meglio di chiunque altro la sua umanità e il suo buon cuore. Oggi vorrei ringraziare la splendida scrittrice Janna Abdallah."

Il discorso di Omar si era concluso con un applauso fragoroso del pubblico. La telecamera aveva inquadrato nuovamente Hilda, che aveva detto entusiasta: "Prima di lasciarvi alla clip sul rapporto tra Omar e Janna, vediamo la sorpresa della redazione per Omar." Hilda si era avvicinata e rivolta a lui: "C'è un'ospite che abbiamo invitato qui in studio oggi, sei pronto a incontrarla?"

Omar aveva annuito, e Hilda mi aveva accolta in studio: "Spettatori, diamo il benvenuto alla celebre giornalista Janna Abdallah."

Mi ero precipitata sul palco per incontrare Omar, impaziente di vederlo di muovo dopo che il suo corpo aveva riacquisito vigore. Il teatro era in visibilio, così come il viso di Omar, che si era illuminato per la felicità. Avvicinandomi a lui, avevo sentito il bisogno di abbracciarlo. Lo conoscevo da tantissimi anni, ma in quel momento, per la prima volta, la barriera sociale che c'era tra noi si era volatilizzata.

In passato, le nostre interazioni non erano andate oltre qualche parola di conforto e di buon auspicio. L'unico contatto fisico consisteva nell'incontro dei nostri palmi. Eravamo entrambi attenti a non oltrepassare il limite imposto dalle rispettive classi sociali. La struttura della mia macchina e il pacchetto di gomme nella sua mano marcavano la linea di difesa delle rispettive classi. Però, a volte, cercavamo di ignorarle, imbarcandoci in brevi conversazioni, per quel tanto che ci concedeva l'intervallo di tempo tra il rosso e il verde del semaforo.

Quell'abbraccio aveva fatto di lui un amico. Il contatto con il suo corpo e l'aver sentito addosso la sua vitalità avevano spazzato via il senso di colpa che permeava il nostro rapporto. Il suo buon profumo e i suoi vestiti puliti mi avevano confortata. L'avevo guardato da vicino, ammirando la sua trasformazione radicale.

Per un istante, mi era sembrato di vedere Jamal in lui, e avevo pianto.

Se Jamal avesse cambiato idea durante i suoi ultimi giorni, in quel momento sarebbe stato attivo, vitale e felice come Omar. Sarebbe salito sul palco e avrebbe celebrato Omar con me.

Avevo scosso via l'immagine di Jamal dalla mia mente e avevo preso Omar per mano. Ci eravamo diretti verso l'angolo dei concorrenti e ci eravamo seduti a guardare la clip.

Si era visto Omar insinuarsi tra le macchine nei pressi del semaforo all'entrata di Abdun. Probabilmente la prima scena del filmato era stata girata appena iniziato il programma, perché Omar era vecchio e si muoveva lentamente. Quando la scena era cambiata un minuto dopo, Omar era più vicino al suo aspetto attuale: era energico, canticchiava, salutava i conducenti e augurava loro una buona giornata.

Dopo un altro minuto, era apparsa la mia Land Rover nera ferma al semaforo. Omar si era avvicinato al finestrino della mia macchina e mi aveva salutata. La telecamera mi aveva inquadrato il viso, mostrando i miei occhiali da sole e il mio sorriso. Avevo preso la borsa dal sedile vuoto accanto a me in cerca del portafogli, avevo preso una banconota e l'avevo messa in mano a Omar, che aveva ricambiato con diverse gomme da masticare.

La voce fuoricampo aveva detto: "Potreste pensare che la noia contraddistingua la vita di un venditore di gomme, dopo tanti anni passati a vivere giorni sempre uguali nello stesso semaforo. Be', è esattamente il contrario, come ci dimostra il nostro amico Omar.

"Omar ritiene che il suo sia uno dei lavori più elettrizzanti di tutti, perché incontra un sacco di gente importante ogni giorno. Ha la possibilità di leggere lo stato psicologico del paese attraverso le facce delle persone che vede passare quotidianamente. Così come un barometro misura la pressione atmosferica, lui misura l'andamento giornaliero dell'umore generale leggendo le loro espressioni. Conferisce un peso maggiore a coloro che ricoprono posizioni importanti nella pubblica amministrazione. Su questa base, decide se sarà un giorno buono o no. Nelle giornate storte, Omar diminuisce le ore di lavoro e si reca alla moschea lì vicino, prega, e implora il Signore di avere pietà dei suoi servi. Nei giorni felici, invece, lavora più del solito per godere dei sorrisi delle persone e dei loro volti raggianti.

"Omar considera la scrittrice Janna Abdallah una compagna di viaggio. Teneva in considerazione la sua espressione più di tutte per decidere l'umore collettivo. Ha affermato che il suo volto non mentiva mai, quindi era facile per lui leggere cosa si nascondesse dietro i suoi occhi grandi e i suoi lineamenti decisi. C'era un tacito accordo tra i due: Janna leggeva il giornale tutte le mattine prima uscire di casa, facendo trasparire dal suo viso ciò che aveva letto affinché Omar sapesse la direzione che avrebbero dovuto prendere le sue preghiere quel giorno. Sapeva bene che lei metteva l'interesse pubblico al di sopra di quello personale, per questo si affidava a lei più che a qualsiasi altro."

Il filmato era andato avanti a mostrare foto e spezzoni di video di me e Omar insieme nel corso degli anni. Avevano fatto vedere alcune nostre foto dei tempi in cui andavo all'università: Omar sembrava un bambino. In una eravamo seduti su una panchina in legno accanto alla strada principale dell'Università di Giordania, vicino alla facoltà di Lettere. Mi stava parlando di qualcosa, ma ovviamente era impossibile ricordarmi di cosa dopo tanti anni. In un'altra foto eravamo nella mia macchina, all'entrata settentrionale dell'università. Mi aveva ricordato che a volte mi imbattevo in lui e lo aiutavo a intrufolarsi dentro il campus.

Avevano anche fatto vedere un breve spezzone in cui eravamo al semaforo di Abdun, risalente al 2026, l'anno in cui il terrore si era sparso tra la gente perché si era scoperto che gli anticorpi avevano perso la capacità di combattere i batteri. Indossavo la mascherina e i guanti mentre davo del denaro a Omar. Anche lui aveva la mascherina, gliel'avevo comprata io. In quel periodo gli compravo le gomme e le buttavo immediatamente per paura di prendermi qualche malattia. Se ricordo bene, in quello stesso anno lui aveva perso sua moglie e le sue due figlie piccole a causa della tubercolosi. Io stessa avevo perso alcuni conoscenti e amici, e per poco non ci avevo rimesso la vita anche io.

Poi avevano mostrato anche una piccola scena in cui gli davo una borsa nera piena di vestiti. Regalavo parte dei vestiti miei e di Zayd a chi ne aveva bisogno quando non li usavamo più. Alla fine, avevano mostrato una scena in cui Omar mi aiutava a cambiare la ruota della macchina, e una foto di lui in mezzo alla folla al funerale di Jamal il mese prima.

Quando era finito il filmato, prima della pubblicità, le telecamere avevano inquadrato nuovamente Hilda, che aveva detto: "Cari telespettatori, rimanete con noi. Torneremo dopo la pubblicità e i concorrenti faranno testamento, specificando in che modo vorranno condurre la loro nuova vita una volta tornati all'infanzia e fino a quando non torneranno adulti. Dopodiché, annunceremo i risultati della settimana appena trascorsa e la classifica dei concorrenti."

Avevo approfittato della pubblicità per scambiare due parole con Omar. Mi ero congratulata nuovamente con lui per aver riacquisito forza e vitalità, e per la sua splendida performance all'interno del programma, con la quale aveva catturato il cuore del pubblico in un batter d'occhio. Dopodiché, gli avevo chiesto cosa avesse intenzione di scrivere nel testamento.

Non mi aveva risposto. Aveva riso e detto che sarebbe stata una sorpresa.

Non volevo essere insistente, ma non ero riuscita a controllarmi. L'avevo guardato attentamente in viso prima di chiedergli: "Omar, perché non ti ritiri dal programma?"

Mi aveva guardata sorpreso: "Ritirarmi dal programma?"

"Ritirati adesso, o tra una o due settimane. Non aspettare di tornare bambino, perderai la tua identità e i tuoi ricordi."

Aveva riso del mio suggerimento. Mentre parlavamo, la sua attenzione era rivolta verso i preparativi sul palco per la parte successiva, e il pubblico entusiasta. Mi aveva risposto a cuor leggero, come se fosse una questione di poco conto: "Non conviene ritirarsi, è prevista una grossa penale per chi lo fa."

Si era alzato come se gli fosse venuta in mente una cosa molto importante: "Devo andare in bagno. Torno subito."

Prima di sparire dietro l'allestimento del palco, mi aveva guardata e aveva aggiunto: "Dopotutto, Janna, io voglio dimenticare. Ho avuto una vita difficile. Voglio cancellarla completamente e ricominciare da zero. Una pagina bianca…"

Si era chinato per baciarmi la fronte, poi mi aveva lasciata lì a piangere.

Perché tutti volevano lasciarmi sola e ricominciare da zero?!

Da quando Jamal era morto, mi sentivo vicina a Zayd come non succedeva da anni. Aveva dimostrato una tenerezza nei miei confronti che mi aveva ricordato il modo in cui mi era stato accanto quando avevo perso entrambi i miei genitori. Mi trattava con estrema gentilezza; prendeva la mia mano e ne baciava il palmo alla prima occasione utile. Mi spostava delicatamente una ciocca di capelli da davanti al viso a dietro l'orecchio, e mi stampava un bacio in fronte quando mi facevo trasportare dai ricordi del passato. Mi avvicinava a sé e mi abbracciava stretta quando scoppiavo a piangere di fronte alla nuova realtà.

La perdita di una persona cara ci fa rendere conto dell'importanza di chi è ancora con noi. O, forse, il nostro aggrapparci a coloro che amiamo e sono in vita è solo un modo per provare conforto. E questo valeva per entrambi: era come se anche lui, come me, avesse subito una grave perdita, e capisse il trauma che essa portava con sé. Il dolore per la morte di Jamal aveva purificato il nostro rapporto, facendo sparire la forza repulsiva esistente tra noi. Lo strano accordo reciproco consistente nell'assecondare con rispetto e affetto i desideri l'uno dell'altro – il suo sogno di tornare bambino e il mio di far tornare mia madre – ci aveva dato conferma che il legame istituito con il matrimonio era resistente al tempo.

Sapevamo perfettamente che la sua prossima avventura si sarebbe potuta considerare una forma di separazione, ma non avevamo intenzione di rinunciare. Quella parte arrendevole dentro di me, che mi aveva fatto cedere alla decisione di morire di Jamal, era la stessa che mi aveva lasciata inerme di fronte al desiderio di Zayd: anche lui se ne sarebbe andato. O forse ci eravamo resi conto che, in quel momento della nostra vita, la nostra relazione aveva bisogno di quel tipo di cambiamento per sopravvivere: bisognava tagliare i rami secchi per fare spazio a quelli nuovi e farla crescere più forte e robusta.

Tuttavia, non potevo condividere con lui quell'avventura, visto il rapporto che ci univa, senza un addio adeguato che mettesse in chiaro i doveri dell'uno nei confronti dell'altro. Senza la sicurezza che mi avrebbe aiutata durante gli anni della sua infanzia, fino a quando non fosse tornato adulto e si fosse ripreso il posto di prima nella mia vita.

O forse era stata la paura di perderlo del tutto a spingermi a fare ciò che avevo fatto quella notte.

Era la notte prima del consulto medico che avrebbe dovuto prepararlo al nuovo viaggio, e Zayd era in piedi in un angolo della cucina, intento a spalmare con un coltello della crema al cioccolato su una fetta di pane. Io ero seduta sul divano in soggiorno, e osservavo con attenzione ogni suo movimento.

In pratica, avevamo lo stesso pigiama: pantaloni blu a righe bianche e maglietta bianca.

"Zayd, ne faresti una uguale anche a me?" gli avevo chiesto affettuosamente.

"Certo," mi aveva risposto altrettanto gentile.

Mi aveva portato la fetta che aveva appena finito di preparare, e me l'aveva passata, dicendomi: "Prego, mia signora," per poi tornare dov'era, prendere dell'altro pane, e prepararne una fetta per sé.

Avevo posato il pane accanto a me, facendo un respiro profondo. Avevo esitato un po', imbarazzata per ciò che stavo per fare. Tutt'a un tratto, mi ero alzata e mi ero avvicinata a lui con calma, prendendolo per i fianchi da dietro.

Gli avevo baciato la schiena, sussurrandogli: "Grazie per il panino."

Si era girato verso di me e mi aveva stretta tra le braccia, accarezzandomi la schiena con l'avambraccio. Mi aveva stampato un bacio sulla fronte e poi mi aveva allontanata un poco, attento a non macchiarmi con le dita sporche di cioccolata. Gli avevo preso l'indice, leccando via la cioccolata e ridendo in maniera infantile. L'avevo guardato. Aveva sorriso senza dire una parola, evidentemente teso, girando la testa alla ricerca di un tovagliolo con cui pulirsi la mano. Si era pulito le dita e mi aveva abbracciata di nuovo. Avevo poggiato la testa sul suo petto, ascoltando il suo respiro. Alcuni secondi dopo, mi aveva sussurrato all'orecchio: "Devo andare in bagno."

Mi aveva lasciata interdetta, imbarazzata per ciò che avevo fatto.

Avevo sbagliato a pensare che, senza prima parlarne, sarei stata capace di riportare la sessualità all'interno della nostra vita coniugale? Ero stata stupida a provare a ravvivarla in quel modo dopo trent'anni, senza alcun tipo di comunicazione o accordo verbale, com'era successo quando avevamo smesso?

Zayd aveva capito il mio linguaggio corporeo, e l'aveva rifiutato perché l'aveva colto di sorpresa? O era fuggito perché non mi voleva? Forse non ero stata abbastanza chiara, quindi se n'era andato perché era confuso, adducendo la scusa di dover scappare in bagno?

Mi sentivo un po' umiliata. Avevo fatto pressione su me stessa, avevo osato, per riparare il nostro rapporto, ottenendo in cambio di essere rifiutata e ignorata.

Dopo essermi ricomposta, ero entrata in camera. Avevo preso una rivista e mi ero messa a sfogliarla. Quando era tornato, l'avevo ignorato. Mi aveva guardata, chiedendomi: "Non l'hai mangiato, il pane?"

Gli avevo risposto senza guardarlo negli occhi: "Non mi andava più."

Mentre si avvicinava a me, ancora distante dal letto, mi aveva chiesto: "Janna, che c'è?"

"Niente," avevo ribattuto.

Si era fermato un istante, osservandomi mentre leggevo la rivista, poi si era messo a letto accanto a me e aveva preso un libro per mettersi a leggere a sua volta.

Alcuni minuti dopo, eravamo immersi nelle nostre rispettive letture. Anche se io, in realtà, tremavo di rabbia. Non ero riuscita a darmi una calmata. Avevo riposto la rivista accanto a me e avevo proferito irritata: "Zayd."

Mi aveva guardata in silenzio, aspettando che continuassi. "Perché l'hai fatto?"

Mi aspettavo che fingesse di non aver capito, ma non l'aveva fatto. Mi aveva risposto sommessamente: "Scusa, Janna, il modo in cui è successo mi ha colto di sorpresa."

Nonostante la sua motivazione mi avesse fatta adirare, mi ero scusata subito: "Mi dispiace averlo fatto nel modo sbagliato. Ho pensato che avremmo potuto provarci. Voglio essere sicura che vada tutto bene tra noi prima che tu torni bambino. Sarà difficile per me aspettare che tu ricopra nuovamente il tuo ruolo di marito e che il nostro rapporto torni come prima. Volevo salutarti così."

"Salutarmi? Non andrò da nessuna parte. Rimarrò con te."

"Lo so, intendevo salutarti come marito. Perché la situazione sarà strana quando diventerai bambino."

"Diventerò bambino, ma rimarrò tuo marito, non cambierà nulla."

"Zayd, come può non cambiare nulla? Certo, sarai sempre mio marito, ma sulla carta. La natura del nostro rapporto sarà diversa fino a quando non tornerai adulto. Non sarà semplice, né per te, né per me. Sarà strano, ma di sicuro tra noi non ci sarà nulla che riguardi il romanticismo o il sesso."

Era rimasto in silenzio, come stesse pensando per la prima volta all'entità della sua avventura, poi mi aveva suggerito: "Vuoi provarci, Janna?"

Avevo risposto alla sua domanda con un'altra domanda: "Tu vuoi?"

"Adesso?"

In effetti, avevo perso qualsivoglia desiderio nei suoi confronti dopo il rifiuto di poco prima, specialmente perché avevo lavorato sodo per ravvivarlo in me nei giorni precedenti. Tuttavia, vista la situazione delicata, avevo nascosto i miei veri sentimenti sotto il bisogno di rompere la barriera sessuale presente tra noi. Non potevo mostrarmi riluttante, se volevo che andasse tutto a buon fine. Per coinvolgerlo, dovevo fargli capire che lo desideravo. Perciò gli avevo risposto, sicura e sorridente: "Adesso," nonostante avessi una paura folle che quel tentativo fallisse, confermandoci di non essere più capaci di godere fisicamente l'uno dell'altra.

Si era seduto sul letto, porgendomi la mano affinché mi avvicinassi a lui. Gli avevo tolto la coperta di dosso e mi ero messa a cavalcioni su di lui. Gli avevo preso la testa e l'avevo baciato. Erano baci lenti, che accendevano il mio desiderio... e il suo. Mi ero allontanata leggermente dalle sue labbra, gli avevo baciato la fronte e avevo sorriso, felice di provare ciò che temevo non avrei provato. Poi avevo ripreso a baciargli le labbra, e avevo percepito la sua crescente eccitazione mentre assumeva il controllo, buttandomi di lato e stendendo il suo corpo sopra il mio.

Zayd non era molto alto, solo qualche centimetro in più di me, e io ero bassina. Aveva una corporatura esile. Avrei preferito che fosse stato più robusto, ma mi ero abituata alla sua struttura fisica. Amavo quei bicipiti sottili e quella lieve peluria bionda che gli ricopriva il petto e il ventre.

Era come se il tempo trascorso tra il nostro ultimo rapporto e quella notte mi avesse fatto dimenticare il suo corpo. Nonostante ce l'avessi davanti ogni giorno, mattina e sera, in quel momento era come se lo stessi scoprendo per la prima volta. Forse quella pausa aveva contribuito al successo del nostro incontro notturno ed era servita a riportate un po' di vivacità nel nostro rapporto.

Dopo che avevamo finito, mi ero aggrappata a lui e avevo posato la testa sulla sua spalla, felice di aver deciso di essermi tenuta stretta mio marito e di aver prolungato la validità del nostro legame.

Poco dopo, mi ero allontanata per andare a farmi una doccia. Mi aveva seguita e ci eravamo lavati insieme. Sembravamo una coppia appena sposata. Avevo sentito che qualcosa di nuovo stava crescendo tra noi. Una volta a letto, mi era tornata la voglia di quella fetta di pane con la cioccolata. Mi ero alzata per andare a prenderlo in soggiorno e l'avevo mangiato con entusiasmo.

Dopo aver spento la luce e aver poggiato la testa sul cuscino, era tornato a perseguitarmi il fantasma di Kamil. Tuttavia, la sua presenza non era ingombrante come nei giorni precedenti. A dire il vero, pensavo che il mio desiderio nei suoi confronti fosse svanito con la scomparsa di Jamal. O forse no. In ogni caso, l'avevo sotterrato sotto l'ammasso di tristezza lasciato da mio fratello e la consapevolezza di avere bisogno della presenza di Zayd nella mia vita.

Avevo chiuso gli occhi, sperando che i miei sentimenti rimanessero gli stessi di quel momento.

Purtroppo, non è stato così.

La vita vive ai margini della morte, e la morte si trova al termine della vita. Prima di essere stata costretta a combattere la Morte Nera, nel medioevo, l'Europa non aveva mai ritenuto di aver bisogno che la medicina progredisse. A dirla tutta, la peste aveva portato alla morte centinaia di milioni di persone, ma aveva anche implicato la salvezza di miliardi di altre, perché aveva fatto capire all'umanità che ci fosse bisogno di inventare molteplici strumenti per preservare la salute pubblica, di riorganizzare gli ospedali e le strutture sanitarie. Tutte quelle tragiche morti avevano spinto l'essere umano a concentrarsi sulla medicina di laboratorio, basata sull'analisi di campioni biologici, piuttosto che sull'astrologia e la superstizione.

Nei primi trent'anni di questo secolo si era presentata una situazione simile , quando l'uomo, un giorno, si era svegliato e aveva scoperto che le sue armi di difesa più importanti nella resistenza alle malattie batteriche, gli anticorpi, erano diventati inefficaci. Così, la morte era tornata a incombere sul mondo come nelle epoche passate. Era stato un duro colpo per l'umanità, e uno shock per la comunità medica. Credevamo di aver raggiunto l'apice dell'avanzamento della conoscenza; invece, ci eravamo resi conto di ignorare ancora molte cose riguardo a uno dei pilastri della nostra esistenza: il corpo umano.

Visto che la biochimica non era riuscita a tenere il passo della rapida evoluzione dei microrganismi, fu necessario rivolgersi alla biotecnologia. Nonostante fosse una branca emergente, a cui non era ancora stata data l'importanza che meritava, la paura della morte aveva fatto sì che la scienza concentrasse tutti i suoi sforzi sull'accelerazione della crescita del settore biotecnologico. Così facendo, l'aveva trasformato, nel giro di pochi anni, in un'industria colossale che aveva contribuito all'eliminazione di numerose malattie, prima tra tutte la vecchiaia.

Ancora oggi, non siamo a conoscenza di tutti i dettagli delle funzioni vitali del corpo umano, ma lo sviluppo della nanotecnologia ha fornito ai nostri corpi delle linee di difesa intelligenti che hanno rinforzato il nostro sistema immunitario e rigenerato la vita, rendendola più resistente alla morte, in modo da rendere quest'ultima meno aggressiva di prima.

Quando ero giovane – la prima volta – ero un'incosciente di prima categoria, imprudente e impulsiva. Credevo nella filosofia secondo cui la vita non aveva senso se non si viveva al confine con la morte. Ho vissuto momenti di incoscienza, ritenendo di vivere a un passo dalla morte. Oggi mi rendo conto che si trattava invece di morire a un passo dalla vita. Forse era un modo per scappare dalla malattia di mia madre, dalla morte che lei aveva piantato nel mio cuore prima ancora che se ne andasse. Seguivo ciecamente il pericolo, come gli insetti notturni si dirigono verso una sorgente luminosa. Non me ne ero resa conto fino a quando non ero quasi caduta tra le braccia della morte.

Così come Jamal aveva visto mio padre e mia madre venirlo a prendere quando se ne stava andando, allo stesso modo io avevo visto mia madre la notte in cui ero in un letto di ospedale.

Era entrata nella mia camera ospedaliera, stava camminando in un campo di fiori. Si era avvicinata al mio letto con lentezza, mentre io fremevo dalla voglia di toccarla. Non mi aveva stretta a sé, né mi aveva parlato, quella notte: aveva girato intorno al letto, spargendo narcisi bianchi, come a creare un lenzuolo funebre. Una volta finito, mi aveva lanciato una ghirlanda di fiori. Ricordavo che l'avevamo fatta insieme quando ero bambina. Mi aveva sussurrato: "Mettila attorno al collo e alzati, tesoro. Non hai niente."

Era scomparsa in un battito di ciglia, mentre venivo colpita da un attacco di tosse. Tossivo convulsamente. Sembrava che il petto mi si stesse lacerando dal di dentro, e avevo la bocca piena di un liquido appiccicoso. Avevo allungato subito la mia debole mano, tremando, per prendere un fazzoletto dalla scatola accanto al letto e sputare ciò che avevo in bocca.

Si era tinto di rosso, il che mi spaventava abbastanza.

In quel momento ero sicura di avere un appuntamento con la morte, malgrado le parole che mi aveva detto mia madre in sogno. Ero abituata a vederla e a parlarle in quei giorni di degenza, quando mi si alzava la febbre a quaranta.

Ero una delle decine di migliaia di persone cadute vittima della tubercolosi, una delle tante a cui era successo quando le cure per combatterla erano diventate inefficaci. Ero una dei milioni rimaste senza parole di fronte allo shock del fallimento della medicina, che credevamo avesse raggiunto la perfezione.

In quanto giornalista, a quel punto della pandemia avevo già documentato numerose tragedie e mi ero resa conto della gravità della situazione più degli altri. Conoscevo le fasi che avrebbero portato alla morte, una a una. Sapevo che aspetto aveva il malato prima dell'infezione, come sarebbe stato assalito dalla stanchezza, e quali sintomi avrebbe avuto nel giro di pochi giorni: tosse sempre più insistente e febbre alta, seguite da tremori, debolezza, e graduale perdita di peso, che l'avrebbe portato a diventare un mucchio d'ossa prima di esalare l'ultimo respiro.

Avevo monitorato il tormento dei vari pazienti: c'erano quelli disperati e distrutti, quelli terrorizzati e isterici, e quelli che si fingevano forti e si aggrappavano alla speranza di guarire. Il batterio della tubercolosi non faceva distinzioni: al contrario di ciò che dicevano i giornali, i quali sostenevano l'importanza dello stato d'animo per la guarigione, la morte mieteva in maniera indiscriminata e senza pietà alcuna. Non faceva distinzioni tra malati, anzi si lasciava alle spalle i loro volti com'erano: tetri, sofferenti, o con il miglior sorriso che erano riusciti a fare in modo che i loro cari potessero ricordarli così.

Uno dei casi che mi aveva impressionata di più riguardava una bambina di sei anni che avevo incontrato nel distretto di al-Kura, a nord della nazione. Era la zona più colpita, in cui sono rimaste pochissime persone a ricordare il tragico accaduto.

Zayd aveva cercato di dissuadermi dall'andare, e aveva lottato strenuamente per fermarmi. Tuttavia, come già detto, ero imprudente.

Avevo fondato il mio giornale l'anno prima, e avevo lavorato sodo per trasformare il lavoro di giornalista, portando una professionalità senza precedenti nel giornalismo giordano. Per me, quella crisi sanitaria rappresentava un'occasione irripetibile per migliorare il nostro lavoro e affermare la nostra esistenza. Al fine di esprimere la mia filosofia tramite l'amministrazione della mia azienda, e per riuscire a guidare la schiera di investigatori che lavoravano per me – non più di dodici – dovevo andare sul campo e motivarli. Per questo non avevo dato retta a Zayd, né alle avvertenze dei medici e del Ministro della Salute di non avvicinarsi alle zone considerate epicentri dei focolai. Al tempo, i governi erano del parere che il modo migliore per gestirle fosse isolarle dal resto del mondo.

L'avevo notata mentre era in piedi sulla porta di casa, con i capelli castani, ricci e arruffati che le cadevano sugli occhi color miele. I suoi occhi erano vitrei, al contrario di quelli dei suoi coetanei, che brillavano di vita. Indossava vestiti logori, per nulla adatti al freddo dell'inverno del Regno. Ai piedi aveva soltanto delle ciabatte sulle cui punte c'era la testa di plastica di Minnie. Teneva in mano una bambola dal volto sorridente.

Mi aveva chiamata: "Signora… Signora."

Io e il fotografo della redazione ci eravamo avvicinati.

"Mamma ha tanta sete."

"Dov'è mamma, tesoro?" le avevo chiesto.

"Dentro. A letto. Malata." Aveva tossito, abbracciando la bambola come se stesse per addormentarsi. Dopo un altro colpo di tosse, aveva aggiunto: "Papà aveva sete, è morto." Due colpi di tosse: "Hani aveva sete," altro colpo di tosse, "è morto. Saha aveva sete, è morta." Colpo di tosse: "Mamma," aveva tossito violentemente diverse volte prima di concludere, "ha sete."

Era rimasta un attimo in silenzio, poi aveva sollevato la sua bambola di pezza zuppa di acqua per mostrarmela. Aveva tossito ancora prima di dire: "La faccio bere tutto il tempo così non le viene sete."

Avevo esitato prima di avvicinarmi ulteriormente. Avevo tirato su i miei guanti chirurgici, assicurandomi che coprissero la maggior superficie possibile delle braccia, e avevo stretto per bene la mascherina sulla bocca. Le avevo preso la bambola dalle mani, dicendole in tono leggero: "Ma è bellissima, come si chiama?"

"Maya."

"E tu, come ti chiami?"

"Maya."

L'aria piena di polvere e il vento sferzante mi facevano entrare granelli di sabbia negli occhi. Li avevo chiusi, infastidita, lottando contro l'istinto di strofinarli con il palmo della mano. Avevo preso la bambina con un braccio e l'avevo stretta contro il mio fianco. Ricordo di aver desiderato di baciarle la testa. Forse parte della mia tenerezza era dovuta al mio volerla proteggere da ciò che aveva subito. L'avevo presa per mano, conducendola verso casa e accarezzandole la testa. Le avevo detto: "Dai, andiamo a dare da bere alla mamma." Eravamo entrati cautamente in casa. Era gelida e cupa. Avevamo fatto qualche passo lungo il corridoio, verso il soggiorno. Sembrava abbandonata. I mobili erano vecchi e disposti a casaccio, e i vetri delle finestre erano in frantumi. O forse non era abbandonata, bensì abitata da una famiglia che non possedeva il necessario per affermare la propria presenza al suo interno.

Avevo sentito un colpo di tosse provenire dall'interno, e avevo guardato Maya aprire la porta del corridoio che portava alla camera da letto. Le ero andata dietro, seguita a ruota dal fotografo, tossendo a causa del tanfo che ammorbava l'aria.

Nella camera c'era la madre di Maya, sdraiata sul letto, in preda alle sofferenze. Sembrava una mummia vivente. Aveva gli occhi infossati e le ossa del viso sporgenti. Il suo corpo esile tremava sotto le coperte. Non si era accorta della nostra presenza. Era troppo impegnata a lottare contro la febbre alta. Però, aveva ripreso un po' di coscienza quando Maya le si era avvicinata. Si era buttata sul letto accanto a lei, scuotendole più volte le spalle mentre la chiamava: "Mamma, mamma, mamma, vuoi bere?"

La madre aveva allungato una mano tremante per allontanarla, come se la presenza della bambina sul suo letto le desse fastidio. Aveva guardato verso di me con sguardo spento e aveva detto a Maya: "Ecco, è arrivata la zia. Vai con lei, tesoro, io ti raggiungerò dopo." Poi era stata pervasa da violenti colpi di tosse, accompagnati da fiotti di sangue.

Mi ero avvicinata a lei, nonostante non avessi idea di come aiutarla, e mi ero presentata: "Sono Janna Abdallah, giornalista. Con me c'è il mio collega, il fotografo Rashid Ahmad," avevo indicato Rashid per poi continuare, "la sua situazione è critica, signora. Dobbiamo portarla all'ospedale."

Aveva spalancato gli occhi, come se l'avessi minacciata di farle qualcosa di orribile. Aveva iniziato a tremare ancora di più e a pregarmi: "No ospedale, no, no." Aveva rivolto lo sguardo verso la parete accanto a me, alzando il tono di voce e invocando suo marito, in preda al delirio: "Abu Hani, vogliono portarmi all'ospedale!" Aveva alzato l'indice, minacciandolo: "Alzati e sbarazzati di loro. Non lascerò qui i bambini." Dopo essersi disconnessa per un attimo, aveva guardato da un'altra parte e aveva detto irritata: "Hani, prendi tua sorella e andate a giocare in camera." Era rimasta in silenzio a guardare le sagome immaginarie dei suoi figli uscire per andare nella stanza accanto. Aveva represso la tosse e si era rivolta nuovamente a me: "Porta Hanya all'ospedale con voi, fatela curare, e prendetevi cura di lei." Dopo aver puntato il dito verso di me, aveva proseguito: "La affido a te. Capito? La affido a te fino al Giorno del Giudizio." Dopo un altro colpo di tosse, e con il volto velato di tristezza, rigato di lacrime, aveva aggiunto: "Io rimarrò qui con i bambini."

Vederla in quello stato di debolezza mi aveva fatto tornare in mente gli ultimi giorni di mia madre. Ancora una volta, non ero in grado di essere d'aiuto. Avevo le mani legate. Seguivo con lo sguardo quella bambina che aveva perso la sua famiglia. Ero rimasta paralizzata di fronte a sua madre, costretta a respingerla per ultimare i preparativi prima della propria morte.

Mi rivedevo in Hanya, o Maya, come si faceva chiamare lei. Vedevo la sofferenza che avevo provato per la separazione da mia madre concretizzarsi nel futuro di quella bambina, quando si sarebbe resa conto di ciò che era accaduto.

Allora, ero disposta a fare qualunque cosa per proteggerla e risparmiarle le difficoltà dovute a solitudine, perdita e smarrimento.

Mi ero avvicinata al letto e avevo preso Maya in braccio. L'avevo abbracciata come non avevo mai fatto con nessuno prima, sussurrandole parole di conforto, ora non ricordo quali. Ero pronta a portala con me a Amman, prendermi cura di lei, adottarla, e sopperire all'affetto materno di cui era stata privata. Ma sembrava che non volesse niente di tutto ciò per il suo futuro. Il destino aveva altri piani, diversi da ciò in cui speravo io. L'aveva sottratta a questo mondo appena una settimana dopo, per farla ricongiungere con la madre, lasciandomi confinata a letto, spaesata, più vulnerabile che mai. Non so se il destino avesse pianificato anche la mia fine, o se avesse posto lungo il mio percorso di vita un punto di svolta, per farmi vedere le cose da una nuova prospettiva e farmi provare un attaccamento per questo mondo che mi era del tutto sconosciuto prima di allora.

Maya non c'era più, ma aveva piantato un seme dentro di me. Aveva risvegliato un istinto materno che ignoravo di possedere. Un desiderio che era cresciuto con gli anni, nonostante i miei tentativi di resistergli. Avevo lottato contro di esso fino a quando era venuta meno, per il mio corpo, la possibilità di avere figli. L'avevo seppellito tra i frammenti di sogni infranti, mai realizzati.

Ma il destino aveva riportato in vita quella possibilità. Mi aveva dato una nuova occasione, fornendomi tutto il necessario per realizzare un vecchio sogno e iniziare una nuova fase della mia vita, per la quale nutrivo grandi aspettative.

Così come il mio attaccamento alla vita si era rafforzato quando avevo sentito l'odore della morte, il mio desiderio di creare una nuova vita si è amplificato quando i vapori della morte hanno pervaso il mio mondo, strappando via Jamal dalle mie mani.

Jihan era da sempre uno dei maggiori ostacoli che si frapponevano tra me e la realizzazione dei miei sogni, ci avevo fatto l'abitudine. Come ghiaia, si piazzava in fondo alla mia gola, impedendomi di mangiare, respirare, e fare qualsiasi cosa mi facesse sentire viva in questo mondo. Sembrava che, su qualsiasi regalo il destino mi offriva, ci fossero scritti entrambi i nostri nomi. Al contrario delle altre persone, a cui venivano riservate fortune contrassegnate con il proprio nome, perfino nel caso di gemelli omozigoti, io dovevo condividere la mia fortuna con lei. Avevamo deciso di accontentarci delle parti che ci sarebbero capitate, così da non dover litigare quando non riuscivamo a dividerla in due parti uguali.

Non mi infastidiva tanto dover dividere le cose materiali, ma quelle legate alle altre persone. Eravamo costantemente in competizione nel giornalismo: ci contendevamo ogni cosa, piccola o grande, incluso quello spazietto occupato dal mio articolo quotidiano. Nonostante avessi incolpato Jamal alla morte di mio padre, quando avevo scoperto che nel testamento l'eredità non era stata divisa equamente tra me e lui, il mio risentimento non era durato molto. Dopo un breve periodo, mi ero ripresa e avevo sistemato le cose tra noi due, con la paura che Jihan lo allontanasse del tutto dalla mia vita.

Se fosse stato per lei, mi avrebbe esclusa completamente dall'eredità. Per scongiurare la sua rabbia, Jamal aveva optato per una via di mezzo, sostenendo di applicare la legge islamica, la *Shari'a*, nonostante fosse ben consapevole che il testamento fosse regolamentato da leggi statali. Tuttavia, adesso so che ciò che aveva fatto per compiacere sua moglie gli pesava sulla coscienza e l'aveva tormentato per tutta la vita.

Aveva pensato alle sue colpe soltanto nell'attimo in cui aveva preso la penna, cedendomi in eredità il suo diritto alla vita. Mi aveva guardata con sollievo. Mi aveva baciato le mani, e io avevo baciato le sue. Le aveva prese e poggiate delicatamente sul mio ventre, sorridendomi per congratularsi con me.

Ricordo quant'era stata riprovevole Jihan in quel periodo. Si comportava come se l'eredità fosse di suo padre, non del mio. Era impazzita, continuava a ripetere: "La *Shari'a* parla chiaro Janna, agli uomini spetta il doppio di ciò che spetta alle donne," come se fosse la custode della *Shari'a* o la nipote legittima della nostra signora Fatima, figlia del profeta Muhammad. Parlava tanto di legge islamica, ma non ne sapeva niente. Aveva provato con tutte le sue forze a prenderne una parte, dopo non essere riuscita a convincermi a rinunciare all'intera eredità. Rincarava anche la dose con crudeltà: "Che poi, cosa dovresti farci tu con l'eredità? Grazie a Dio hai tuo marito! Il lavoro gli va bene, e scoppia di salute. Tuo fratello non ha neanche completato gli studi."

Nonostante avesse sottratto parte dell'eredità di famiglia, sia a seguito della morte di mio padre che di quella di Jamal, ciò che mi tormentava più di tutto erano gli anni che aveva passato a soggiogare Jamal e a delineare i limiti del mio rapporto con lui. Sembrava che si sentisse in competizione con me, era una sorta di lotta animalesca per marcare il territorio. Percepivo la sua soddisfazione quando riusciva a controllare Jamal, soprattutto perché continuava a farlo ogni volta che ne aveva l'opportunità.

Aveva l'abitudine di rafforzare il suo predominio rendendomi partecipe di alcune faccende private di Jamal, di cui lui non mi aveva parlato, per dimostrarmi che l'unico modo per mantenere il mio rapporto con lui era attraverso lei.

Non dimenticherò mai quel maledetto giorno in cui stavo parlando con un gruppo di amici nel campus dell'università. Avevo sentito due mani gelide farsi spazio dalla mia nuca fino a coprirmi gli occhi, e la voce di Jihan dire: "Chi sono?" L'avevo riconosciuta subito, grazie al profumo intenso più che dal timbro di voce. Avevo allontanato le sue dita con irritazione, dicendo: "Jihan, ma che fai? Mi fai male!"

Mi aveva risposto subito: "Scusa, non volevo," mettendomi una mano sulla spalla e accarezzandola, come per spazzare via il dolore momentaneo che aveva causato, per poi sostituirlo con un altro duraturo. Aveva preso il cellulare con entusiasmo, piazzandomelo davanti alla faccia, e aveva detto: "Janna, guarda."

Avevo dato un'occhiata: era la foto di un bellissimo anello di diamanti, ma non capivo dove volesse andare a parare. Avevo reagito con discrezione: "Stupendo." Aveva tolto il cellulare da davanti a me e aveva detto disinvolta: "L'abbiamo visto ieri. Me ne sono innamorata, ho pensato: *basta, lo compro*."

"Tu e Jamal?" avevo chiesto accigliata.

"Sì, io e Jamal. Chi altri sennò?" Aveva detto per tutta risposta, aggiungendo: "Jamal mi ha chiesto di sposarlo."

Era stato come ricevere uno schiaffo in pieno viso. Come poteva Jamal fare un passo del genere senza consultarmi?

"Ah, davvero? Jamal ti ha chiesto di sposarlo?" La mia risposta non era per nulla cortese, ma non me ne poteva fregare di meno. Non riuscivo proprio a congratularmi con lei. Anzi, avevo avuto il coraggio di confessarle il mio disaccordo: "Jihan, siete ancora giovani. Perché tutta questa fretta?"

"Non è che abbiamo fretta. Ci siamo fidanzati ufficialmente uno o due anni fa per poterci vedere e uscire tranquillamente," mi aveva risposto sicura e convinta di sé.

Jihan aveva calcolato e pianificato tutto al posto di Jamal. Aveva un'idea chiara dei suoi obiettivi, e sapeva come raggiungerli. Non potevo farci nulla. Mi ero divincolata da lei e avevo chiamato Jamal. Ero furibonda. Gli avevo parlato con serietà e fermezza, senza neanche chiedergli come stesse: "Jamal, hai chiesto a Jihan di sposarti?"

Mi aveva risposto tranquillamente: "Sì, ieri sera è uscito il discorso a cena."

"E ti sembra normale?" avevo sbottato.

"Certo che è normale, qual è il problema?" mi aveva risposto in tono aspro.

"Qual è il problema?! Non c'è nessun problema. In ogni caso, auguri." Mi ero congratulata con un nodo in gola. Era sempre stato più testardo di me. Il suo desiderio di allontanarsi e distanziarsi da me mi paralizzava. Esattamente come la morte si era impadronita di lui davanti ai miei occhi, allo stesso modo Jihan l'aveva rapito mentre stavo a guardare. Aveva scelto lei, con cognizione di causa, con la stessa consapevolezza con cui aveva poi scelto di porre fine alla sua vita e fuggire da me.

Eppure, Jihan aveva avuto più compassione di me rispetto alla morte che me l'aveva portato via. Nonostante l'avesse plasmato a suo piacimento, non l'aveva escluso totalmente dalla mia vita. Non perché non lo desiderasse, ma perché non ci era riuscita. Aveva provato parecchie volte a mettermi i bastoni tra le ruote, fallendo quasi sempre miseramente. Il nostro legame di sangue era come un cavallo di Troia: c'era sempre uno spazio che usavo per riprendermi una parte di Jamal.

Ci era riuscita solo una volta, quando ero caduta vittima della tubercolosi e lui non era al mio fianco. Jihan gli aveva impedito di farmi visita per paura che contagiassi lui o qualcun altro della sua famiglia. L'aveva allontanato da me quando ero più debole che mai e avevo bisogno delle persone a cui tenevo di più. Avevo bisogno che Jamal mi aiutasse a sostenere il peso del mondo e non cedere alla chiamata della morte, invece era rimasto distante, lasciandomi a confidare in Dio in silenzio.

Mi sarei arresa alla morte se non fosse stato per l'amore di Zayd e l'apparizione dello spettro di mia madre.

"Alzati, tesoro. Non hai niente."

Era come la luce del sole o il caffè la mattina. Continuavo a sentirla dire: "Alzati, tesoro. Non hai niente." La mia anima sorrideva e il mio viso si illuminava. Le sue parole erano il mio biglietto da visita per affrontare il nuovo giorno, qualsiasi fosse la mia condizione mentale o fisica.

Durante il periodo di degenza, mi ero ripromessa che non avrei più pronunciato il nome di Jamal, né l'avrei più considerato mio fratello da quel momento in poi. Avevo rinunciato completamente a lui, poteva tenerselo tutto per sé. Smisi di rispondere alle sue telefonate, e non aprivo mai quando bussava alla porta di casa dopo la mia guarigione, pieno di sensi di colpa.

Rimanevo dietro la porta in camicia da notte, esausta. Lo osservavo dallo spioncino mentre se ne stava lì fermo dall'altra parte, in attesa, tutto agitato. Andava a destra e a sinistra prima di suonare di nuovo il campanello o bussare alla porta. Io facevo appello a tutta la mia forza di volontà per resistere alla voglia di aprirgli, nonostante che ogni volta in cui suonava il campanello mi sentissi scossa nel profondo, e ogni volta in cui bussava alla porta percepissi l'anima farsi a brandelli.

Era venuto per la prima volta una settimana successiva alle mie dimissioni dall'ospedale. Il giorno seguente era tornato alla stessa ora e si era messo nello stesso punto. Era tornato anche dopo due giorni, poi dopo una settimana, e ancora il mese appresso, fino a quando non aveva perso le speranze che lo perdonassi.

L'avevo perdonato soltanto dopo anni, accorgendomi che la mia rabbia nei suoi confronti stava facendo del male a me invece che a lui. Il dolore stava crescendo e si stava propagando dentro di me, bloccando ogni barlume di felicità. Faceva pressione sui miei nervi, ed era sempre più doloroso con il passare del tempo.

Com'era ironico il destino. Tutto ciò era accaduto per mano di Jihan proprio quando aveva intenzione di sfruttare la mia influenza mediatica per promuovere una nuova medicina sviluppata da Jamal, che restituiva elasticità ai vasi sanguigni deteriorati.

Mi aveva chiamata, dicendomi che Jamal sentiva la mia mancanza e che il mio allontanamento lo rattristava molto. La frase successiva mi aveva ferita e aveva fatto crollare le mie difese: "Janna, hai un solo fratello, e lui ha solo te. Non avete nessun altro a parte voi due." Poi mi aveva confessato di avermi tenuta lontana da lui.

L'aveva accompagnato a casa mia dopo avermi fatto promettere che non l'avrei respinto. Desideravo ardentemente incontrarlo di nuovo, dopo quattro anni di lontananza. Quando era arrivato, gli avevo fatto trovare la porta aperta, e le mie braccia erano pronte ad accoglierlo nuovamente nella mia vita. Davanti a lui c'era Jihan, con in mano una scatola contenente una torta. Lui le stava dietro, in attesa che lei finisse di salutarmi e baciarmi. Quando era arrivato il suo turno di salutarmi, aveva allungato timidamente la mano per stringere la mia, ma io l'avevo ignorata. L'avevo guardato in faccia, senza dire una parola, prima di avvicinarmi e abbracciarlo. L'avevo stretto con tutte le mie forze, cercando inutilmente di trattenere il fiume di lacrime che stavo riversando sulla sua spalla. Le avevo asciugate, invitandolo a entrare come se non fosse successo nulla.

Jihan era stata trasparente, o pragmatica che dir si voglia, in quel frangente. Non appena ero ritornata con il caffè, si era alzata e aveva detto con nonchalance: "Hai sentito parlare della nuova medicina sviluppata da Jamal?"

Avevo annuito, congratulandomi con lui.

"Porterà a una rivoluzione in ambito medico. Presto non ci saranno più infarti nel mondo, e la pressione alta diventerà un lontano ricordo del passato. Vorremmo che organizzassi per noi una campagna pubblicitaria," aveva aggiunto.

"Certo, farò del mio meglio," avevo risposto scrutando Jamal, cercando di leggere i segni del tempo che si erano fatti strada sul suo viso durante gli anni in cui non ci eravamo visti. Mi sentivo tradita dal destino, che mi aveva sottratto la possibilità di osservare la sua stempiatura diventare sempre più pronunciata e i pochi capelli rimasti tingersi gradualmente di bianco. Mi ero persa nel pensare alle nuove linee formatesi sotto i suoi occhi, che ridisegnavano i lineamenti del suo viso.

Per me era un estraneo, lontano da me, così freddo da farmi pensare che fosse lì soltanto per il bene di Jihan e per ciò che lei aveva chiesto.

Fu proprio astuta quel giorno. Esattamente come lo era stata il giorno in cui aveva indotto Jamal a chiederle di sposarlo, quando gli aveva detto di aver ricevuto una proposta di matrimonio, che la madre la pressava e quindi non poteva rifiutare quel pretendente. L'aveva spinto a sposarsi in fretta e furia per paura di perderla. Nonostante la famiglia si fosse opposta, la sua tenacia aveva fatto sì che ci arrendessimo alla realtà dei fatti. In quel momento mi era sembrato che fosse riuscita a imporre il suo volere su di lui, nonostante sapessi di che pasta era fatto e che lei non sarebbe mai riuscita a plasmarlo a sua immagine e somiglianza.

Me l'aveva ceduto soltanto quando i segni del tempo si erano moltiplicati, e la sua presenza si era trasformata da utile a stancante. Io l'avevo provata, quella stanchezza, e adesso mi manca tutte le volte in cui sono tormentata dall'assenza di Jamal. Ma Jihan era come il pastore che munge le capre fino all'ultima goccia, non rinunciava a ciò che credeva le spettasse.

Mi aveva lasciata di stucco la domanda che lei mi aveva fatto il giorno del funerale di Jamal riguardo alla firma del testamento per l'eredità della sua vita. Io stavo andando di fretta verso la cucina per aiutare le altre donne in lutto a servire il pranzo quando si era messa davanti a me, tagliandomi la strada. Per evitare di finirle addosso, quasi mi erano caduti i due piatti di *mansaf* che tenevo con la mano sinistra, e la zuppiera di *laban* che avevo nella destra aveva traballato.

Mi aveva chiesto: "Janna, Jamal ha firmato il testamento?"

Le avevo risposto prontamente: "Sì, l'ha firmato."

Avevo alzato con cautela i due piatti di *mansaf*, cercando di incunearmi nello lo stretto passaggio che aveva lasciato tra lei e il muro, e avevo continuato per la mia strada.

Al ritorno, l'avevo trovata ancora lì che mi aspettava in mezzo al corridoio. Avevo provato a ignorarla, ma mi aveva incalzata: "Dov'è?"

"Che cosa?"

"Il testamento."

"A casa, Jihan. Adesso non è il momento." L'avevo lasciata là, entrando in cucina per sistemare i piatti che avevo recuperato da coloro che avevano finito di mangiare.

Mi aveva seguita, chiedendomi: "Potresti portarlo con te domani? Vorrei darlo all'avvocato."

"Certo," le avevo detto per cercare di levarmela di torno.

L'avevo guardata in silenzio girarsi per uscire dalla cucina. Le avevo dato giusto il tempo di fare un passo avanti, poi ero esplosa: "E comunque, Jihan, ci ha messo il mio nome. L'ha ceduto a me."

19. Un cambiamento radicale

Era passato un mese da quando mi avevano estratto un ovulo. Avevano sostituito il corredo genetico già presente con quello che avevano trovato in alcune cellule di mia madre, rimaste attaccate a dei vestiti. Dopodiché, l'ovulo era stato stimolato perché iniziasse a svilupparsi e riprodursi tramite divisione cellulare. Una volta pronto, sarebbe stato reimpiantato nel mio utero e sarebbe cresciuto naturalmente, fino a diventare un essere umano completo dopo nove mesi.

Il mio cuore risuonava forte come la campana di una chiesa ogni volta in cui immaginavo di essere nuovamente collegata a mia madre attraverso il cordone ombelicale, lo stesso legame che ci aveva unite un secolo prima. Allora, mamma aveva provato le stesse emozioni che stavano travolgendo me, la stessa paura e il medesimo desiderio di donare a questo mondo una nuova anima. Era felice della sua famigliola, grata per il suo crescente amore verso Jamal, che riempiva il suo mondo. Era lieta di avere mio padre come sostegno su cui poggiarsi, e si sentiva pronta a completare il quadro di famiglia facendo entrare a far parte di essa una bambina che aiutasse il suo primogenito e lo supportasse in futuro.

Il suo paradiso era a un passo dall'essere completo, anche se sarebbero passati pochi anni prima che le venisse strappato via. Io, invece, stavo per riprendermi un pezzo del mio paradiso, in un'epoca in cui la vita non poteva essere strappata via e il tempo non poteva essere rubato. Un paradiso di cui non ricordavo nulla, se non la presenza di mia madre, l'unica a poterlo rendere completo.

Il mio cuore si indeboliva e sudavo freddo ogni volta in cui venivo assalita dai dubbi e immobilizzata dalle paure che l'arrivo al mondo di una nuova creatura portava con sé. Ero terrorizzata dal fatto di assumermi una responsabilità rivelatasi più grande di quanto avessi immaginato.

Una bambina che avrebbe avuto le stesse caratteristiche di mia madre e non avrebbe ricordato nulla del suo passato. Sarebbe cresciuta, acquisendo consapevolezza di sé, della sua coscienza, della sua centralità e dei suoi limiti in questo immenso mondo freddo, privo di coscienza, centro e limitazioni. La possibilità di continuare a esistere l'avrebbe tormentata tanto quanto l'idea della sua scomparsa. L'avrei catapultata in un mondo privo di una fine palpabile, nonostante sapessi che la sua mancanza faceva paura tanto quanto poterla percepire e rimanere in attesa della sua venuta.

Nonostante ciò, quel giorno mi ero alzata con coraggio, come facevo ogni mattina, e avevo aspettato che arrivasse Kamil per portarmi alla clinica. Era una sorta di intermediario tra me e mia madre, per cui mi sembrava la persona più appropriata a starmi accanto in quel momento. Volevo averlo vicino quando l'avrei incontrata, per cui avevo chiesto al dottore di permettergli di entrare in sala operatoria. Quando avevo capito di essere sul punto di perdere conoscenza per effetto dell'anestesia che scorreva nelle mie vene, gli avevo preso la mano e gliel'avevo stretta, e potrei quasi giurare di aver visto il suo viso prendere le sembianze di quello di mia madre. L'avevo sentita accarezzarmi la testa e baciarmi la fronte.

Dopo aver ripreso conoscenza, diverse ore dopo, avevo percepito che un clone dell'anima di mia madre aveva iniziato a crescere dentro di me. Mi si era stretto il cuore, e avevo sentito il bisogno di Zayd. Avevo pianto. Ero stata pervasa da un senso di straniamento quando avevo aperto gli occhi e avevo visto Kamil seduto sulla sedia accanto al mio letto. Le emozioni che provavo nei suoi confronti in quel momento, di disagio e imbarazzo, erano tutto il contrario di quelle che aveva suscitato in me prima dell'operazione. Sembrava che il mio mondo fosse stato scosso da un cambiamento radicale. Avevo cercato di aggrapparmi a qualsiasi cosa mi confermasse di essere ancora quella di prima, e che anche il mio mondo era rimasto lo stesso.

Avevo biascicato debolmente: "Kamil."

Aveva posato di lato il giornale digitale che aveva tra le mani, e si era avvicinato al mio letto sorridendo: "Grazie a Dio stai bene."

"Che Dio ti benedica," l'avevo ringraziato. "Che ore sono?"

"Le tre, circa."

"Dov'è Zayd? È in ritardo," gli avevo chiesto ansiosa.

"L'ho sentito poco fa. Gli ho detto che non ti eri ancora svegliata. Era per strada. Dovrebbe arrivare a momenti," aveva cercato di rassicurarmi.

Mi era tornata in mente la notte precedente, e avevo chiuso gli occhi per cercare di dimenticare ciò che era successo. Avevo fatto un respiro profondo e avevo detto a voce bassa, come se non volessi che nessuno sentisse: "Kamil, penso che a Zayd non vada a genio il nostro rapporto."

"Perché dici così? È successo qualcosa?"

"Ieri, dopo che te ne sei andato, sono entrata in camera da letto. Pensavo che stesse dormendo, invece stava guardando la televisione. Mi ha ignorata. Gli ho chiesto se c'era qualcosa che non andava e non mi ha risposto. Sembrava piuttosto nervoso, come se fosse arrabbiato con me."

Avevo sete, quindi avevo chiesto un bicchiere d'acqua a Kamil e avevo continuato: "Provo sentimenti strani nei confronti di Zayd. Più ringiovanisce, più il mio istinto materno nei suoi confronti diventa forte."

Kamil aveva preso la sedia e l'aveva messa vicino al letto. Si era seduto, pronto ad ascoltarmi: "Be', ha detto qualcosa?"

"All'inizio non voleva parlare, ma dopo un po' è scoppiato a piangere. Quando ho insistito per farlo parlare, mi ha detto che mi sentiva sempre più lontana."

"Cosa gli hai risposto?"

"Niente. L'ho abbracciato, dicendogli che era tutta la mia vita e assicurandogli che non l'avrei mai lasciato né mi sarei allontanata da lui... Almeno, non fino a quando sarebbe diventato nuovamente adulto."

"Pensi che ci abbia visti?"

Quella domanda mi aveva imbarazzata. Stavo cercando di ignorare ciò che era successo dal giorno prima.

"Non credo... Non lo so," gli avevo risposto. Per cercare di cambiare discorso, avevo proseguito: "Sta attraversando un periodo pieno di trasformazioni, da quando il suo corpo ha iniziato a diventare più piccolo. Credo che questa esperienza si stia rivelando piuttosto impegnativa per lui. L'ho visto tornare a vivere come un adolescente. La tempesta di ormoni che ha in corpo lo rende irrazionale."

"Il suo corpo si è già rimpicciolito così tanto? Sono passate solo due settimane dall'inizio del trattamento, no?" mi aveva chiesto.

"In realtà no, ma percepisco dei cambiamenti nel suo corpo e credo che li senta anche lui, e ne sia impaurito."

Kamil aveva allungato la mano e l'aveva posata sul mio braccio, nel tentativo di assicurarmi che sarebbe rimasto al mio fianco durante quel periodo complicato, ma quel contatto fisico mi aveva fatta sentire a disagio. Avevo paura che Zayd potesse arrivare proprio in quel momento. Avevo ritratto il braccio, dicendo riluttante: "Kamil, mi imbarazza dirtelo, soprattutto perché sono stata io a chiederti di venire qui con me oggi, ma Zayd sta per arrivare e ho paura che possa non apprezzare la tua presenza."

Aveva allontanato la mano dal letto, come se avesse fatto qualcosa di male, o si fosse imposto su di me: "Mi dispiace, Janna, hai ragione. Sarà meglio che vada."

"No, no. Non scusarti. Sono io a doverlo fare. Grazie per essere venuto, davvero. Non avrei potuto affrontare l'operazione senza di te." Non riuscivo a credere di averlo detto davvero!

Mi aveva guardata con tenerezza, stampandomi un bacio in fronte. Aveva cambiato posizione e aveva detto: "Fammi sapere se hai bisogno di qualcosa." E se ne era andato.

L'avevo guardato uscire mentre riaffioravano i ricordi della notte prima. Eravamo usciti insieme dopo il lavoro per bere un caffè in una delle tranquille caffetterie del quartiere di al-Luweibdeh, nei pressi dell'ufficio. Kamil era entrato in ufficio come stagista da circa un mese, dopo che avevo interceduto per lui a seguito del nostro incontro inaspettato in metro. Quel giorno ero molto nervosa, sentivo il bisogno di parlare con qualcuno. Avevo pensato di parlare con Zayd, ma avevo abbandonato l'idea perché mi ero resa conto che la sua mente non era razionale come prima. Era diventato irascibile e non riusciva più a controllare le sue reazioni.

Kamil si era seduto davanti a me, con la sua solita calma, aspettando di ascoltare le mie preoccupazioni. Gli avevo parlato a lungo del fatto che il pensiero della maternità mi terrorizzava, ma di come allo stesso tempo ne sentissi il bisogno. Avevamo discusso di quanto fosse folle il pensiero di portare in grembo il codice genetico di mia madre invece che quello di Zayd, come sarebbe stato naturale. Mi ero giustificata: "Forse riderai di me, ma voglio convincermi che si tratti di far tornare una persona che ha già vissuto in passato, e non di creare un nuovo individuo."

Aveva sorriso dolcemente e mi aveva risposto: "Se la cosa ti fa sentire a tuo agio, perché no? Non ho giudizi morali al riguardo. Il diritto di rimanere incinta e partorire è tuo, e sei libera di utilizzarlo come meglio credi. Non c'è giusto o sbagliato. Forse le uniche cose giuste sono il tuo desiderio e l'immagine che ti sei fatta della bambina che diventerà tua madre. Ci saranno persone che faranno commenti retrogradi e crudeli... ma, fino a quando la legge lo permetterà, non devi rendere conto a nessuno."

A volte il suo essere così saggio nonostante avesse vissuto neanche un quarto di quanto avevo vissuto io mi lasciava di stucco. Forse dipendeva dal fatto che era nato in un'epoca in cui l'equazione della vita aveva subito grandi trasformazioni e questo l'aveva protetto dal retaggio culturale presente nelle epoche precedenti all'eliminazione della vecchiaia.

Ciò che aveva detto sul "diritto di rimanere incinta e partorire" mi aveva fatto ripensare all'espressione di Jihan quando le avevo detto che Jamal l'aveva ceduto a me.

Avevo approfittato dell'occasione per raccontargli cosa fosse successo, di come le avessi dato la notizia dopo che mi aveva provocata il primo giorno del funerale di Jamal, insistendo nel volersi assicurare il testamento. Lui rideva mentre gli descrivevo i suoi occhi fuori dalle orbite per l'orrore e lo sgomento, le sue guance rosse di rabbia, e il suo schiaffo inaspettato che mi aveva fatto volare via la lente digitale da un occhio.

Si era messa a urlare a voce così alta da far accorrere tutti nel corridoio attorno a noi. Mi aveva puntato l'indice contro, minacciandomi di denunciarmi per "aver manipolato un uomo anziano e impotente sul letto di morte", così aveva detto.

Il giorno dopo mi ero affrettata a mandare avanti le procedure per la FIVET, per paura che ottenesse un'ingiunzione e bloccasse il testamento fino alla risoluzione del caso giudiziario. Dovevo metterla di fronte al fatto compiuto, per evitare di darle la possibilità di strapparmi di mano quell'occasione.

Comunque, quel giorno parlare con Kamil era stato gradevole, per cui non mi era dispiaciuto che mi avesse riaccompagnata a casa. Il tempo era volato. Dopo il caffè, ci era venuta fame e avevamo deciso di spostarci in un ristorante vicino per cenare. Ero tornata che erano quasi le dieci di sera. Avevo trovato le luci spente, per cui avevo pensato che Zayd non ci fosse. Non avevo pensato che potesse essere in camera.

Una volta vicini alla porta di casa, mi ero fermata per salutare Kamil. L'avevo ringraziato per avermi ascoltata e per avermi riaccompagnata.

Quella sera c'era la luna piena, e il giardino di casa era illuminato soltanto dal bagliore lunare, dalla poca luce che arrivava dai lampioni in lontananza, e da una piccola lampadina sulla porta posteriore. Il viso di Kamil era ancora più attraente in quel momento, e sembrava anche più alto grazie alla sua ombra proiettata dietro di lui.

L'avevo guardato negli occhi con gratitudine. Mi ero avvicinata e gli avevo stampato un bacio sulla guancia, poi gli avevo chiesto se volesse entrare a rilassarsi un po'. Mi aveva detto che doveva andare, però mi aveva chiesto un bicchiere d'acqua.

I rilevatori di movimento presenti all'interno erano rotti, per cui le luci non si erano accese quando ero entrata in cucina per prendergli l'acqua. Mi stava aspettando in piedi in soggiorno. L'avevo trovato con in mano una foto di mia madre che avevo messo tra le altre sulla mensola accanto alla finestra. Aveva riposto la foto in silenzio quando mi aveva vista tornare, aveva preso il bicchiere dalla mia mano e aveva bevuto lentamente. Dopo aver finito, si era preparato ad andarsene. Avevo colto l'occasione per avvicinarmi e ringraziarlo nuovamente.

L'avevo abbracciato forte, e lui aveva fatto lo stesso.

Avevo alzato la testa, osservando le sue labbra, che mi facevano tornare alla mente un bacio che mi aveva tolto il fiato molto tempo prima. Anche lui si era fatto prendere dal momento. Aveva abbassato la testa verso di me. Le sue labbra avevano toccato le mie con estrema dolcezza.

Avevo chiuso gli occhi, rivivendo un momento del passato.

Quel secondo bacio mi aveva terrorizzata esattamente come quello di tanti anni prima. Aveva lo stesso identico sapore, la stessa magia.

Avevo lasciato andar via Kamil e mi ero diretta in camera. Avevo trovato Zayd sconvolto quanto me. L'avevo abbracciato, assicurandogli che non sarebbe cambiato nulla.

Come mi aspettavo, l'aver strappato a Jihan la possibilità di partorire non era passata inosservata. Doveva insorgere e far male a chi l'aveva ferita, per tenere fede alla sua personalità. Aveva cercato di attaccarmi da diverse parti, andando ben oltre la rabbia. Era determinata a screditarmi e punirmi per averle portato via quel diritto.

Aveva mostrato i suoi artigli nell'articolo pubblicato nella sua colonna di giornale, nel quale mi attaccava per la mia apparizione televisiva e per ciò che avevo detto riguardo al mio rapporto con Omar.

Janna e i reality show:
La borghesia offre il peggio di sé

L'altruismo caratterizza gli esseri umani di ogni parte del mondo. È rarissimo trovare qualcuno che rimanga impassibile nel vedere qualcun altro tendere la mano per aiutare chi ne ha bisogno, che si tratti di offrire denaro al povero, cibo all'affamato, o indumenti al senzatetto. Il califfo 'Umar Ibn al-Khattab – Dio lo benedica – disse: "Se la povertà fosse stata un uomo, l'avrei uccisa." Ma, purtroppo, la povertà non è un uomo, e noi esseri umani, nonostante il progresso tecnologico e culturale, non siamo capaci di liberarci di lei. La nostra incapacità di eliminare la povertà non è dovuta a una mancanza di risorse o ricchezze naturali, ma alla nostra avarizia e al nostro assetto sociale, che premia chi ha e penalizza chi non ha. Sì, ci siamo disfatti della vecchiaia e abbiamo sconfitto le malattie. Il cibo è diventato più buono, e viene stampato in pochi secondi direttamente nelle nostre cucine. Eppure, non siamo ancora capaci di dividere equamente le nostre ricchezze e di aiutare coloro che non possiedono stampanti per il cibo, alberi da frutto, o animali produttivi, che plachino la loro fame e riempiano il loro stomaco.

Un programma come RINASCI CON UN CUCCHIAIO D'ORO mi fa provare una forte indignazione. Si tratta di un vergognoso tentativo di spacciarsi per un programma dal nobile intento di aiutare gli indigenti, garantendo una nuova vita lussuosa a coloro che ne hanno vissuto una costellata di stenti e sofferenze. Ma noi sappiamo benissimo che il vero obiettivo di questi programmi e di chi li allestisce è il tornaconto economico. Lo stesso vale per chi prende parte al programma. I partecipanti di entrambi i sessi, poveri sotto ogni punto di vista, sono solo strumenti per intrattenere il pubblico, vittime di un sistema capitalistico che inventa modi sempre nuovi per sfruttare la classe operaia.

Una delle puntate che mi ha fatto arrabbiare di più è stata quella in cui è apparsa la giornalista Janna Abdallah, in particolar modo quel video che mostrava il suo legame con il concorrente Omar. Un rapporto, dipinto come presente da lungo tempo, tra una giornalista famosa, nata davvero con un cucchiaio d'oro, e un poveruomo che teneva a malapena a bada la fame con ciò che riusciva a racimolare ogni giorno vendendo gomme da masticare. Stando al videoclip, Janna aiutava Omar ogni volta in cui passava per il semaforo, dandogli una somma non specificata. Evidentemente, non abbastanza da far sì che accumulasse il necessario per tornare giovane come avevano fatto lei e altri. Se avesse davvero voluto aiutarlo, avrebbe dovuto quantomeno assicurargli un lavoro decente con uno stipendio fisso, o fornirgli una formazione professionale o tecnica che potesse toglierlo da quella situazione drammatica. Ma non ha fatto nulla di tutto ciò. Ha alleviato la sua coscienza e il suo senso di colpa nei confronti di quest'uomo con una manciata di denaro, che non era sufficiente a sfamarlo, figuriamoci a farlo ingrassare.

*Come se ciò non bastasse, ha preso parte al programma con per-
fetta disinvoltura, per farsi splendida e mostrare un'umanità
che dubito le appartenga. Ovviamente, a discapito di Omar,
come al suo solito!*

*Janna, per chi non la conoscesse bene – sto per rivelarvi
informazioni riservate – ha approfittato di suo fratello Jamal
mentre era sul letto di morte, inducendolo a firmare il testamento a suo favore, cedendole il suo diritto alla vita, sottraen-
dolo alla famiglia di Jamal, erede legittima, con l'inganno, la
falsità e l'astuzia.*

*Quale umanità vuoi darci a bere, Janna? E quale idea di
umanità vuole dipingere il programma?*

*Sappiamo tutti che l'umanità è venuta meno da tempo, da
quando hanno preso il controllo della nostra società dei sistemi
che non garantiscono neanche le più essenziali forme di giusti-
zia sociale. Abbiamo estremo bisogno di una urgente revisione
della definizione di essere umano, e di quali caratteristiche gli
si addicano. La più importante è quella che prende il nome di
"umanità".*

Jihan Awad

Non mi capacitavo di come il direttore editoriale le avesse permesso di pubblicare un articolo in cui mi attaccava in
modo così diretto, in cui metteva in dubbio la mia credibilità
e screditava la mia reputazione, nonostante fossi una sua collega, e ci si aspettava che lavorassimo insieme per rappresentare
i principi a cui aderiva il giornale! Se fossi stata una borghese
che si serviva dei poveri, allora cosa avrebbe rappresentato il
giornale per il quale scriveva? E se fossi stata un'egoista senza
cuore che usava le debolezze delle persone più vicine a sé per i
propri interessi personali, avrebbe voluto forse dire che il giornale per cui lavoravo condivideva quegli attributi e li incenti-
vava, supportando i giornalisti che vi scrivevano?

Per poco non avevo peggiorato la situazione chiedendo delle scuse ufficiali da parte del giornale, ma avevo deciso di non aprire bocca. Avevo incassato il colpo, nella speranza che la portasse a considerare chiusa quella storia. Purtroppo, non era stato così. Anzi, la sua vendetta si era estesa anche a Kamil, entrato nell'ufficio come stagista sotto la sua autorità nella sezione della cronaca locale, che era appunto diretta da lei.

Aveva notato il mio interesse per lui fin da quando ci aveva beccati a chiacchierare nel giardino di casa la prima volta in cui Kamil era venuto a trovarmi. Poi aveva trovato conferma ai suoi sospetti il giorno in cui l'avevo portato in ufficio e avevo chiesto alle risorse umane di trovare una posizione vacante in cui inserirlo, anche solo come stagista. Gli era stata addosso fin dalla prima volta in cui aveva messo piede in ufficio, e aveva insistito fin dal primo giorno per prendersi la responsabilità di averlo come suo stagista. Come al solito, quando puntava gli occhi su un uomo, non c'erano decenza o ritegno che tenessero. Lo importunava apertamente, noncurante del disaccordo dei colleghi. Ci provava spudoratamente con lui e si complimentava più per il suo aspetto che per come scriveva. Lo sommergeva di cose da fare ogni volta in cui ci vedeva parlare, e gli chiedeva di rimanere oltre l'orario previsto per finire di scrivere notizie poco importanti, in modo da potersi avvicinare ancora di più a lui. Gli parlava dei propri affari personali e si inventava le storie più strane su di me.

Non le bastava farmi passare per una borghese, egoista, lontana dalla realtà, agli occhi dei suoi lettori: era decisa a trasmettere quell'immagine di me e a imprimerla anche nelle menti di coloro che mi stavano attorno, primo tra tutti Kamil.

Le sue affermazioni classiste non mi erano nuove. Sin dal nostro primo incontro durante la prima lezione di Giornalismo, mi era sembrata ossessionata dalla borghesia, dal pensiero marxista e dalla critica al capitalismo. Forse aveva letto il *Manifesto* pubblicato da Karl Marx e Friedrich Engels nel 1848, nel quale venivano affermati i principi del pensiero comunista, e si era fatta influenzare. O magari non l'aveva letto, ma aveva ne aveva solo sentito parlare e ripeteva certe cose senza capire cosa significassero davvero né rendersi conto della loro portata. Era quel tipo di persona che difendeva strenuamente principi e teorie in netta contrapposizione con la vita che conduceva. Attaccava chi non era come lei e criticava ciò che non la riguardava, perché era facile parlare, così come era facile trovare soluzioni teoriche superficiali. Invece di tendere la mano per aiutare i poveri che erano stati trattati ingiustamente dal sistema sociale dominante, anche solo con piccoli gesti, preferiva lanciare dardi per aria, che di certo non contribuivano a cambiare il sistema né aiutavano i bisognosi.

Si era anche contraddetta tra le righe dell'articolo: come poteva criticare la borghesia e la proprietà privata, per poi concludere l'articolo difendendo il diritto della sua famiglia di ereditare la vita di Jamal? Non avrebbe dovuto preferire che questo diritto legale venisse sottratto alle famiglie e venisse trasformato in un diritto pubblico?

Avevo ormai fatto il callo al suo darmi della borghese. Spesso diceva con noncuranza, in tono scherzoso: "Janna la borghese." Oppure, mi apostrofava: "Sei proprio un'infima borghese," e si metteva a ridere. A volte la ignoravo, altre le rispondevo a tono. Dentro di me sentivo che era gelosa. Anche se mi vergognavo di dar voce ai miei pensieri, o di ammettere ciò che mi frullava in testa, sapevo che le sue parole derivavano da un senso di inferiorità di classe che provava da quando aveva conosciuto me e la mia famiglia. Ero nata in una famiglia piuttosto benestante, che possedeva una vastità di proprietà e beni accumulati nel corso di diverse generazioni. Lei, invece, proveniva da una famiglia non abbiente, che ai tempi riusciva a malapena a pagarle le tasse universitarie.

Eppure, per non so quale motivo, era sempre convinta di essere migliore degli altri. Quando lavorava con altre persone, le trattava con un'aria di superiorità che mal si addiceva alla sua estrazione sociale e al suo livello culturale. Sembrava che si sentisse già pienamente realizzata, o forse era merito della sua incommensurabile fiducia in se stessa, che le aveva permesso di realizzare il suo sogno di sposare qualcuno capace di offrirle ciò che pensava fosse suo di diritto: soldi, prestigio e potere. Aveva ottenuto ciò che voleva, e anche di più: possedeva il doppio di me in termini di denaro, beni e proprietà. E, nonostante ciò, continuavo a essere io l'infima borghese, mentre lei era ancora la paladina dei poveri, la fautrice dei diritti dei lavoratori!

Oltre all'articolo e all'essersi avvicinata a Kamil per cospirare contro di me, mi aveva fatto causa, accusandomi di aver approfittato di mio fratello, impotente e anziano, e di aver ingiustamente sottratto a lei e alla sua famiglia il diritto di ereditare la sua vita. Dopo aver informato il suo avvocato che la sua denuncia era arrivata troppo tardi, in quanto ero già incinta, e che la controversia giudiziaria riguardante il concepimento non poteva avere luogo dato che una nuova vita aveva già iniziato a crescere dentro di me, Jihan aveva fatto irruzione nel mio ufficio con la sua solita isteria, minacciandomi: "Janna, ascoltami bene. Se non abortisci, ti giuro che mi farò risarcire con una cifra così alta che neanche tu potrai permettertela."

Aveva sorriso malignamente, aggiungendo: "E anche se dovessi riuscire a pagarla, e sono sicura che non ci riuscirai per la cifra che ho intenzione di chiederti, farò in modo di ottenere l'affido congiunto del bambino."

Immaginai di dover crescere mia madre insieme a Jihan. Avrebbe dormito una notte da me e una da lei. Ce la saremmo contesa, come ci eravamo contese Jamal. L'avrebbe strappata via dalle mie mani come aveva fatto con lui, per poi tenerlo tra le sue grinfie.

La sua minaccia mi aveva fatto provare un orrore indicibile. Avevo posato una mano sul ventre. Mi girava la testa, stavo per svenire di fronte a lei. L'avevo pregata di lasciarmi in pace. Voleva Kamil? Che se lo prendesse, se lo facesse bastare, e lasciasse la mia bambina tutta per me. Non l'avrei condivisa con nessuno.

L'avevo pregata in silenzio: "Per carità di Dio, lasciami in pace!"

"Paperina... Paperina... Paperina..."

La risata di Sabah aveva risuonato dagli altoparlanti prima che apparisse sul palco, accompagnata dalla parte iniziale della sua canzone. Teneva una delle concorrenti con la mano destra, e con la sinistra un bambino, mentre scendeva le scale situate in fondo al palco muovendosi a tempo con la musica. Dopo di lei erano usciti gli altri concorrenti a coppie, maschio e femmina, disponendosi attorno a lei in ordine sparso. I capelli delle bambine erano acconciati come quelli di Sabbuha, con delle trecce, e indossavano vestitini rosa con delle farfalle. I bambini, invece, avevano dei pantaloncini verde oliva e delle camicette bianche a righe con sopra delle bretelle rosse.

Sabbuha aveva iniziato a cantare: "Da dove inizio a mangiarti, paperina, da dove inizio? Dalle tue labbra color fragola, così belle, così dolci... Danne una a mamma, perché ha occhi solo per te... Tutti vogliono mangiarti, ma non sanno da dove iniziare..."

Allungava la parola "dove" mentre si muoveva leggiadra tra i bambini, che ripetevano la canzone dopo di lei. Ballerini e ballerine con addosso enormi costumi da papera giravano attorno ai bambini, ballando a ritmo di musica.

Cercai di intravedere Omar sullo schermo della televisione mentre mangiavo popcorn, comodamente seduta sull'accogliente divano del soggiorno. Era un bel ragazzo, proprio come lo ricordavo durante gli anni dell'università. Era salito sul palco per ultimo, tenendo la mano a una bellissima ragazzina nera.

Mi sembrava un po' perso mentre seguiva la bambina, che lo guidava convinta verso il posto riservato a loro sul palco. Quando avevano iniziato a cantare, l'avevano fatto a voce così alta da farla sembrare una gara a chi gridava più forte piuttosto che una canzone. Omar non era a suo agio in quei vestiti, e lo infastidiva che la bambina provasse riprendergli la mano ogni volta in cui lui gliela lasciava per grattarsi la schiena. All'ennesimo tentativo di lei di prendergliela, aveva perso le staffe e l'aveva spinta, facendola cadere a terra, per poi continuare a cantare come se nulla fosse. Nessuno sembrava essersi accorto di ciò che aveva fatto. La ragazzina si era rialzata da sola e aveva ripreso a cantare al suo fianco, senza più cercare di prendergli la mano.

Una volta finita la canzone, Hilda era comparsa dalla destra del palco. Si era avvicinata a Sabbuha, dicendole: "Da dove inizio a mangiarti, paperina... Una nuova composizione, in esclusiva per il nostro programma. Diamo il benvenuto alla nostra artista, pilastro dell'umanità: la bellissima Sabah, a Amman, la capitale dell'arte e della cultura araba. Che ne pensi dell'Amman di oggi?"

"Io vado matta per Amman. È sempre stata meravigliosa, così come i suoi abitanti. Amo la Giordania, e vorrei cogliere l'occasione per salutare tutti coloro che ci vivono, e la famiglia reale: vi adoro! Saluto il re Husayn II e suo padre Abdullah II. Che Dio doni la pace al re Husayn I, del cui regno ho un bellissimo ricordo, così come della regina Nur. Ah, e anche la regina Rania, una delle persone più belle che esistano. Sono tutti splendidi."

"Non visitavi Amman da tempo. L'hai trovata diversa?"

"Amman è cambiata totalmente, è sempre più bella. Al mio arrivo sono rimasta stupita dalle enormi torri nuove. Mio Dio, non la riconoscevo più!"

Sabbuha aveva riso e continuato: "Però, le due torri sulla

sesta rotonda sono state iniziate da tantissimo tempo e non sono ancora state completate. Potrebbero dar loro nuova vita facendone un museo o che so io… Mi dispiace per chi le ha costruite."

"Allora, cara Sabbuha, che ne pensi dei nostri concorrenti?"

"Che Dio li protegga dal male. Spero che crescano e vivano una nuova vita, che possa compensare le difficoltà precedentemente attraversate. Tutti abbiamo passato momenti difficili, ma l'epoca attuale è più semplice e accogliente. Ciascuno di noi può aiutare il prossimo e sottrarlo alla povertà, visto che la nostra vita diventa sempre più piacevole."

"Speriamo che diventi sempre migliore grazie alla tua presenza, alle tue canzoni e al tuo spirito meraviglioso," aveva detto Hilda. Poi si era rivolta al pubblico: "Ci stiamo avvicinando alla fine del nostro viaggio. Oggi i nostri concorrenti torneranno all'età di cinque anni. Nel giro di un mese completeranno il loro percorso, tornando al giorno della loro nascita. Sabbuha ci ha abituati alla sua gentilezza e alla sua educazione. Oggi ha deciso di adottare uno dei concorrenti. Rimarrà con noi durante tutta l'ultima puntata per decidere chi. La competizione si fa sempre più agguerrita, e i concorrenti avranno bisogno di tutti i vostri voti. Sarete voi a decretare chi rinascerà con un cucchiaio d'oro. Decidete, votate, e unitevi a noi per dare nuova speranza a questi bambini. Rimanete con noi. Pubblicità."

Era partito un breve filmato dei bambini che cantavano: "Da dove inizio a mangiarti, paperina, da dove inizio?" prima di venire coperti dal logo del programma, trasformatosi poi nell'immagine di un bambino che faceva l'occhiolino al pubblico con in mano un cucchiaio d'oro.

Per Zayd passare dall'essere adulto all'adolescenza fu un duro colpo. Era diventato più basso, le ossa si erano rimpicciolite, i muscoli si erano indeboliti, i peli del viso e del petto erano diminuiti, la voce si era fatta più acuta. Tutte queste cose l'avevano destabilizzato.

Si alzava ogni mattina, saliva sulla bilancia, e urlava a pieni polmoni: "Janna, ho perso tre chili!" Poi si metteva bello dritto di fronte alla parete elettronica e lasciava che il programma leggesse la sua altezza. Salvava il numero che appariva, insieme alla sua immagine, e poi si spostava verso lo specchio. Si toglieva la maglia del pigiama e si metteva a esaminare la grandezza di muscoli, spalle, braccia e petto.

Io rimanevo dietro di lui, meravigliata per la velocità con cui stava cambiando il suo corpo. Trovavo difficile comprendere i miei sentimenti per lui, visti il corpo e l'età. Talvolta mi preoccupavo per lui e gli suggerivo: "Non credi sia abbastanza per oggi?" Di solito, non apprezzava il mio suggerimento, e sbottava: "No, non lo è."

Sapevo bene quanto fosse testardo. Ero abituata alla sua irremovibilità quando prendeva una decisione, e alla sua determinazione nel portarla avanti anche quando si ripercuoteva negativamente su di lui. Neanche per me era semplice, perché non stava cambiando solo fisicamente. Il cambiamento mentale traspariva dalle sue azioni quotidiane, dalle sue reazioni, e dalla mentalità sulla quale basava le sue decisioni.

In passato pensavo che fossero le esperienze di vita e le conoscenze acquisite a plasmare la personalità di un individuo, a inculcargli il rispetto per le fasi successive della vita, e

a consolidare la saggezza tipica della vecchiaia. Avevo iniziato a dubitarne quando avevo visto diverse persone perdere
la maturità acquisita negli anni dopo aver deciso di tornare
giovani. Anche io avevo preso quella decisione, nonostante
avessi mantenuto alcune caratteristiche che tradivano la mia
età avanzata.

Quanto a Zayd, i cambiamenti a cui stava andando incontro erano così significativi da portarmi a ipotizzare che
non fosse mai maturato in vita sua. Sembrava aver vissuto
solo i tredici anni che dimostrava, e non i novantacinque che
erano effettivamente trascorsi dalla sua nascita.

Mi spaventava la consapevolezza che fosse il contenitore
biologico dell'essere umano a racchiudere il suo codice genetico, la sua personalità, i suoi desideri e la sua identità.

In passato, ero rimasta sconvolta dal cambiamento avvenuto nella personalità di mia madre e dalla sua progressiva perdita di neuroni cerebrali funzionanti. Poi, dalla progressiva trasformazione della personalità di Jamal man mano che cresceva
e invecchiava. E adesso, gli effetti dovuti al cambiamento di
quel contenitore erano evidenti nel comportamento di Zayd.

Ciò che mi spaventava più di questa consapevolezza era
un fatto incontrovertibile: l'essere umano era ormai in pos-
sesso di numerose tecnologie, ed esse gli facilitavano il controllo dei cambiamenti biologici che collegavano un corpo
ad altri simili.

Una delle strane tecnologie utilizzate per risanare un matrimonio consiste nel collegare l'immagine del partner con
alcune secrezioni ormonali del cervello. È una tecnologia
piuttosto semplice: usa le lenti digitali che ormai indossiamo tutti per riconoscere il viso del partner, quindi trasmette
dei segnali ai nanobot che viaggiano dentro le nostre vene e
li manda all'area del cervello deputata al controllo del desiderio sessuale per stimolarla.

Qualche mese prima, l'aveva provata una mia amica per riaccendere il suo matrimonio secolare. Mi aveva raccontato che da un po' di tempo provava attrazione per uomini dal fisico radicalmente diverso da quello di suo marito. Stava preparando la domanda di divorzio quando il consulente matrimoniale le aveva suggerito di provare questo metodo.

L'ultima volta in cui ci eravamo viste, mi aveva raccontato di aver sempre amato suo marito in un certo qual modo, ma di non averlo mai amato come lo amava dopo il trattamento. Mi aveva detto: "Janna, mi ero convinta ormai da tempo che il sesso fosse secondario in un matrimonio così duraturo, e la cosa mi ha sempre preoccupata. Adesso non ho più paura, e il mio matrimonio è completo dopo tanti anni."

La possibilità che quella tecnologia potesse funzionare anche con me mi aveva tranquillizzata.

Mi ero resa conto, con un certo imbarazzo, che stavo pensando a me stessa mentre la ascoltavo raccontarmi una cosa così personale. Non avevo il coraggio di confessarle che, come lei, anche io ero ormai avvezza a negare l'importanza del sesso all'interno del matrimonio. Avevo optato per il silenzio: non le avevo detto che stava ripetendo ciò da cui provavo continuamente a scappare, le voci che risuonavano nelle mie orecchie di tanto in tanto.

Avevo sognato a occhi aperti una realtà in cui i miei sentimenti per Kamil non esistevano, e anzi erano rivolti a Zayd. Una realtà in cui poteva scattare nuovamente la scintilla tra noi, in cui ero libera da quel tumulto di emozioni che lo spingevano via da me e lo avvicinavano a me allo stesso tempo. Avevo immaginato Zayd eccitarmi e provocarmi ogni volta in cui posavo gli occhi su di lui, rendendomi fragile e facendomi piangere, per quanto erano forti le emozioni che suscitava in me.

Qualcosa dentro di me rinnegava quel trattamento. C'era un che di innaturale, era un inganno della tecnologia, capace di modificare i miei sentimenti per mio marito. Certo, li avrebbe intensificati e amplificati, ma non avrebbe mai cambiato la mia convinzione che quei sentimenti non fossero genuini, e che non lo sarebbero mai stati.

Forse una parte di me si era abituata a come stavano le cose, e preferiva che rimanessero così, naturali, dotate del proprio sapore speciale, nonostante quel sapore fosse meno intenso e più delicato di quello che avevo assaporato con Kamil.

Inoltre, sarebbe stato inopportuno risvegliare il desiderio sessuale tra noi in quel momento, visto il suo aspetto infantile. Quella tecnologia ci avrebbe potuto esserci utile se l'avessimo sperimentata prima che lui intraprendesse questo percorso e prima che la mia ossessione nel partorire mia madre aumentasse. Al momento lui era un bambino, e io ero al terzo mese di gravidanza. Parlare di risanare la nostra intimità sarebbe stato solo ridicolo. Eravamo entrambi immersi nel nostro percorso personale, che stava cambiando la nostra fisionomia e ci portava a lottare per conoscere il nostro nuovo mondo. I nostri percorsi viaggiavano su due rette parallele, non esisteva un punto di incontro per un legame coniugale. L'avevamo riposto sullo scaffale, in attesa del giorno in cui saremmo tornati ognuno al proprio stato naturale.

Non sapevo chi se la passasse meglio tra noi: lui ogni giorno si alzava e, per prima cosa, prendeva nota dei cambiamenti del suo corpo, mentre io mi alzavo per mangiare frutti di bosco.

Le voglie dovute alla gravidanza si erano recentemente impossessate di me, facendomi sviluppare uno strano amore, mai provato prima, per i frutti di bosco. Il mio corpo li chiedeva in ogni momento della giornata, anche durante la notte. Ne riempivo un piatto e lo posavo accanto al letto prima di dormire. Allungavo la mano e ne prendevo uno o due ogni volta in cui aprivo gli occhi nel bel mezzo della notte. Di mattina mi svegliavo solo per finire ciò che era rimasto.

Nonostante la fastidiosa nausea mattutina fosse diventata una presenza costante, i frutti rimasti di solito non mi bastavano. Mi convincevo ad alzarmi in fretta e furia e andare verso la stampante di cibo in cucina prima ancora di lavarmi la faccia. Sceglievo diversi tipi di frutti di bosco e glieli facevo stampare. Mentre aspettavo che finisse, preparavo il caffè. Poi mi sedevo di fronte alla stampante e osservavo i frutti di bosco prendere forma davanti a me. Afferravo quelli che aveva finito di stampare, li divoravo avidamente e aspettavo impaziente che ne stampasse altri. La mia voglia non era ristretta a un tipo particolare di frutti di bosco, infatti li avevo provati tutti: a volte mi andavano di più i gelsi bianchi, altre i mirtilli neri o quelli rossi, altre ancora i lamponi o le more. Ogni giorno ne apparivano di diverso tipo nel sito dal quale li compravo. Ordinavo le materie prime dal negozio ogni settimana, e mi arrivavano nel giro di un'ora. Le mettevo nella stampante e sceglievo in base a cosa mi andava in quel momento: tipologia, colore, gusto, grado di dolcezza o asprezza, e forma.

C'erano sempre opzioni folli e formati bizzarri, ma io ero conservativa di natura, per cui le stampavo nella loro forma base. Non mi piacevano le bacche al gusto di banana o cocco, né quelle strane a forma di fico, melagrana o arancia. Le preferivo così com'erano, anche se le ordinavo super aspre e più grandi del normale.

Non ero andata in ufficio quel giorno. Mi sentivo un po' stanca e avevo deciso di rimanere a casa. Stavo perfezionando l'arte di stampare frutti di bosco in cucina quando si era fatta ora di pranzo. Avevo preparato da mangiare e aspettato Zayd. Non usciva dalla camera da letto dalla mattina, e ci era tornato subito dopo aver fatto colazione. Avevo pensato che stesse leggendo un libro, guardando un film, o giocando a qualche videogioco.

Avevo chiamato il suo nome a voce alta, ma non aveva risposto. Avevo alzato il volume: "Zayd, il pranzo è pronto." Nessuna risposta. Avevo riprovato qualche minuto dopo: "Zayd, il cibo si sta raffreddando." Silenzio tombale.

Ero corsa in camera da letto e avevo aperto la porta.

Ciò che vidi mi lasciò esterrefatta.

Mentre io stampavo frutti di bosco in cucina, Zayd stava stampando qualcos'altro. Avevo visto usare per la prima volta la stampante specifica per tessuti e muscoli umani che avevamo comprato in passato per Jamal.

Attorno a me, in ogni angolo del pavimento, c'erano sfere di carne dalle forme più disparate. Erano sparse ovunque, incollate a coppie. Non riuscivo a capire la scena che avevo davanti. Guardavo i seni ben sviluppati sparpagliati nella mia camera da letto: sopra i miei vestiti, sul mio letto, tra i miei profumi e i miei trucchi.

Non mi capacitavo della pazzia che aveva colpito Zayd. Era seduto tutto tranquillo dietro la scrivania, e teneva in mano il tablet con immagini di donne nude e una quantità infinita di modelli di seni in vendita. Accanto a lui, la stampante stava lavorando sulla creazione di un nuovo paio di tette.

"Zayd, cosa significa tutto questo?!" avevo esclamato inorridita.

Nessuna reazione.

"Zayd, cosa stai facendo?" gli avevo chiesto nuovamente mentre mi avvicinavo.

"Sto stampando."

"Stampando? Cosa stai stampando?!" avevo sbottato, sull'orlo di una crisi di nervi.

Mi aveva risposto ironico: "Non lo vedi?" Poi ne aveva preso un paio da terra, se le era messe in grembo e aveva iniziato a giocarci.

Avevo percepito una nota di tristezza nella sua voce, e avevo capito che non lo stava facendo per farmi del male, ma in risposta alla paura che l'aveva sopraffatto. Mi ero controllata e avevo cambiato tono di voce.

Mi ero avvicinata ancora di più e avevo posato le mie mani sulle sue spalle da dietro. Avevo lasciato che il suo viso fosse rivolto dall'altra parte per evitare che l'incontro dei nostri sguardi condizionasse i nostri sentimenti, perché non saremmo più stati capaci di avere una conversazione razionale. Gli avevo chiesto con calma: "Perché stai stampando dei seni?"

Non aveva risposto. Ebbi la sensazione che stesse cercando di trattenere le lacrime. Avevo fatto pressione con le dita sulla sua nuca e mi ero scusata: "Mi dispiace per come mi sono comportata stamattina. Non era mia intenzione." Era rimasto in silenzio, allora avevo continuato: "Che ne dici di posticipare la questione a quando sarai di nuovo adulto?"

"Ma sono ancora tuo marito, e non sono un bambino, provo ancora delle sensazioni, posso ancora..."

"Lo so che puoi, però, non lo so..." Avevo interrotto la frase, non sapevo cosa fare. Ero arrabbiata. Gli avevo accarezzato la testa e l'avevo abbracciato. Avevo lasciato che si calmasse mentre gli baciavo la fronte. Avevo pensato che fosse soddisfatto delle mie parole e avesse deciso di lasciare le cose come avevamo deciso prima. Ma, com'era successo qualche ora prima, aveva allungato una mano per palparmi il seno.

Quella mattina avevo reagito in maniera poco gentile, perché il suo atteggiamento mi aveva colta alla sprovvista. Quando aveva allungato una mano mentre eravamo a letto per abbracciarmi, avevo pensato che fosse un gesto innocente per dimostrarmi il suo amore e il suo bisogno di affetto. Però poi aveva iniziato a muovere la mano lungo il mio corpo in maniera palesemente erotica. All'inizio non avevo reagito in alcun modo, non l'avevo respinto né assecondato. Pensavo che, leggendo il mio linguaggio corporeo, si sarebbe fermato, invece aveva continuato imperterrito. Le sue mani si muovevano sempre più decise, e pochi secondi dopo era sopra di me, impegnato a baciarmi.

Mi aveva baciata avidamente, ma io avevo continuato a non ricambiare. Avevo girato la testa a destra per allontanare le mie labbra da lui, prendendogli i polsi per esortarlo ad allontanarsi da me. Il suo desiderio era così impetuoso da impedirgli di capire che stavo cercando di respingerlo. Aveva premuto contro di me per cercare di avvicinarsi ancora di più, il che mi aveva fatto perdere le staffe. Senza più riuscire a trattenermi, l'avevo spinto di lato con veemenza.

Mi ero alzata e gli avevo lasciato la stanza tutta per lui.

In quel momento si stava ripetendo la stessa cosa.

Forse aveva interpretato il mio ritorno, la mia tenerezza e il mio silenzio come un ripensamento. E io non volevo respingerlo una seconda volta, dopo aver capito di averlo ferito con la mia reazione iniziale nel vedere i seni che aveva stampato. L'avevo lasciato continuare, cercando di assecondarlo, nonostante il mio corpo non fosse pronto. Dati la sua statura ridotta e il suo corpo minuto, mi sembrava di abbracciare un bambino, non un uomo. Quella sensazione mi aveva fatto provare repulsione e aveva ucciso il mio desiderio.

Però non l'avevo respinto una seconda volta: l'avevo lasciato condurre il rapporto sessuale senza opporre resistenza. Mi aveva preso per mano, portandomi a letto. Lì, in mezzo a montagne di tette, aveva fatto ciò che voleva.

Come un pendolo appeso a mezz'aria, oscillavo tra Zayd e Kamil. Sentivo una forza allontanarmi dal punto di incontro con Zayd quando Kamil era distante, e un'altra forza, opposta alla prima, tirarmi verso Zayd quando ero così vicina a Kamil da poterne sentire il profumo. Lo scontro con ognuno di loro mi ricaricava di energia potenziale, che si trasformava in energia cinetica e mi spingeva nella direzione opposta.

Le leggi della natura mi hanno sempre fatta sentire impotente. Ho sempre pensato che la fisica dominasse soltanto la materia, non credevo che manipolasse anche le emozioni con la stessa logica e la stessa brutalità.

I tentativi di Zayd di ravvivare la nostra intimità mentre il suo corpo si trovava in quello stato mi facevano arrabbiare. Mi provocava come non aveva mai fatto, facendo soltanto aumentare il mio desiderio di lasciarlo e di rifugiarmi in Kamil. Anche io reagivo alle sue provocazioni come non avevo mai fatto. Avevo stabilito un nuovo modo di interagire con lui. Lo vedevo come un bambino, e sentivo che l'equilibrio di potere del nostro rapporto pendeva largamente a mio favore.

Avevo iniziato a considerarmi più forte fisicamente, e più matura intellettualmente e socialmente. Ero stata costretta a prendere il comando e agire con una saggezza commisurata al carico di responsabilità che gravava sulle mie spalle da quando Zayd aveva deciso di imbarcarsi in quell'avventura.

Però, lui non mi facilitava il compito. Era come se qualcosa dentro di lui lo spingesse ad affermare la sua indipendenza e la sua mascolinità ogni volta in cui diventava più basso e minuto. Era diventato quel tipico adolescente avventato il cui unico modo per attestare la propria esistenza era alzare la voce, sbraitare e fare scenate. E io ero diventata quella tipica mamma che cercava un modo per gestire la furia di suo figlio e cercare di capire quali fossero i suoi bisogni.

Il giorno prima mi aveva sorpresa portando a casa alcuni amici senza avvisarmi. Stavo guardando la televisione nel soggiorno, in camicia da notte, quando d'un tratto l'avevo sentito aprire la porta di casa ed entrare, seguito da un gruppo di ragazzi e ragazze. Erano tutti grossomodo grandi quanto lui.

Li osservai, immobile, e la mia attenzione venne catturata immediatamente dallo sbrilluccichio delle grosse croci d'oro che adornavano i loro petti.

Superata la sorpresa, avevo ripreso il controllo, e mi ero alzata e avvicinata per salutarli, incuriosita. Avevo riconosciuto Isa, l'amico di Zayd, ma non conoscevo nessun altro di loro: "Come stai, Isa?" gli avevo chiesto con un tono di voce a metà tra quello che usavo con lui quando era adulto e quello che avevo iniziato a usare con Zayd di recente.

"Tutto bene," aveva risposto, lasciando che fosse Zayd a presentarmi il resto del gruppo.

Aveva indicato una bambina dietro Isa, dicendo: "Luma, la moglie di Isa." Lei aveva sorriso togliendosi il lecca-lecca di bocca e mi aveva salutata: "Ciao." Zayd era andato avanti: "Sara, la figlia di Isa," che aveva risposto con un cenno del capo, "Fadi, il nipote di Isa," e, "Huda, la sorella di Fadi."

Avevano tutti un lecca-lecca in bocca. Le bambine avevano i capelli con la riga al centro, legati in due trecce. Quelli dei ragazzi, invece, erano tutti arruffati. Sia gli uni che gli altri indossavano sandali in pelle.

Era una scena quantomeno bizzarra. Sembrava che stessero cercando di apparire più piccoli dell'età raggiunta dai loro corpi. Era quasi una forzatura, una recita per mostrare un atteggiamento infantile che non apparteneva loro, in un disperato tentativo di velocizzare l'entrata in quello che loro consideravano il regno dei cieli.

Serbavo un po' di rancore nei confronti dell'idea di tornare all'infanzia dopo averne trovato un eco a casa mia e aver iniziato a conviverci attraverso Zayd. Però ero anche curiosa di conoscere in prima persona una famiglia intera che aveva deciso di intraprendere collettivamente il viaggio di ritorno all'infanzia. Padre, madre, figlia e nipoti, tutti insieme, stavano attraversando la stessa fase adolescenziale di Zayd, per giunta vivendo sotto lo stesso tetto!

Avevo in programma da tempo di visitare al-Fuheis per analizzare quel fenomeno da vicino, dato che, stando a quanto riferito dalle testate giornalistiche, si trattava di una delle città in cui si era diffuso maggiormente. Tuttavia, non ero ancora riuscita a farlo. Le chiese della città si erano riempite di infanti, guidati da preti bambini durante la messa quotidiana, in attesa della fine del mondo. Erano affiorati quesiti sociologici per cercare di valutare se queste società infantili fossero sostenibili nel lungo periodo, se fossero capaci di mantenere l'ordine e la pace, e quali costi in termini economici avrebbe comportato quel fenomeno per il paese e per la società nel suo complesso.

Vedere loro quel giorno mi aveva portata a chiedermi se il Parlamento sarebbe mai arrivato a vietare l'infanzia, come stava cercando di fare con la vecchiaia.

Avevo disposto a cerchio dei cuscini sul pavimento per farli sedere. Avevano intenzione di giocare a carte, e Isa mi aveva sorpresa tirando fuori un mazzo di carte che mi riportava alla mia infanzia. Si erano presi per mano e avevano recitato, seguendo Isa, una preghiera presa dalla Bibbia: "Padre nostro, che sei nei cieli, sia santificato il tuo nome, venga il tuo regno, sia fatta la tua volontà, come in cielo, così in terra..."

Io e Zayd li avevamo lasciati a finire la loro preghiera, e nel mentre avevamo portato del succo e dei popcorn dalla cucina.

Zayd si era seduto con loro e avevano iniziato a giocare. Io mi ero messa sul divano dietro di loro, osservandoli con interesse. Nessuno di loro indossava lenti digitali, né smartwatch, cinture o qualsiasi altro dispositivo. Avevano deciso di condurre una vita semplice, e a me sembrava una vita felice.

Anche Zayd pareva felice. Erano tutti immersi nel gioco. Ridevano, urlavano e si scambiavano carte e sorrisi, privi di preoccupazioni e responsabilità. Parlavano tra loro senza badare alla gerarchia data dall'età anagrafica: il nipote sembrava l'amico d'infanzia del nonno, la nipotina quella di sua nonna.

Ero assorta in quella scena, invidiosa della loro allegria. Mi sorprendevano la loro capacità di sperare e la loro fiducia incondizionata nell'ignoto, senza dubbi né ripensamenti.

In quel momento, mi venne in mente Jamal, il suo viso nel momento in cui se ne stava andando. Era uguale ai loro volti: colmo di fiducia incondizionata e di speranza infinita in una vita migliore.

Mi venne in mente anche Kamil, e sentii quel peso tirarmi verso di lui. La mia incapacità di credere in qualcosa e la mia mancanza di speranza mi rendevano immensamente triste.

Avevo disegnato con il pastello marrone il tronco di un albero sul lato destro del foglio, poi con quello verde avevo aggiunto le fronde a forma di nuvola. In mezzo a esse, avevo fatto dei pallini rossi, che nella mia testa erano mele. Dopodiché, avevo preso il giallo e avevo disegnato un sole dai raggi lunghissimi a sinistra dell'albero.

Mia madre si era accovacciata accanto a me sul tappetino di camera mia e di Jamal. Aveva allungato la mano per accarezzarmi i capelli e mi aveva chiesto: "Cosa stai disegnando, Junjun?"

I miei occhi si erano illuminati e le avevo risposto innocentemente: "Un albero."

Mi aveva preso il foglio dalle mani, si era seduta a terra a gambe incrociate, mi aveva sollevata e mi aveva fatto sedere sul suo grembo. Aveva scelto alcuni pastelli, completando il mio disegno: aveva aggiunto fiori e cespugli lungo tutta la parte bassa del foglio, e un cielo azzurro in cui volavano uccellini stilizzati di tutti i colori in quella alta; accanto all'albero aveva disegnato una casetta di legno circondata da un fiume azzurro, e sullo sfondo un arcobaleno che collegava il sole disegnato da me e la casetta disegnata da lei.

Mi aveva passato un pastello, chiedendomi: "Cosa manca?"

Sapevo cosa intendeva senza bisogno che me lo dicesse apertamente. Avevo preso il pastello e avevo disegnato un uomo e una donna sopra il fiume, e, esternamente a loro, un bambino sulla destra e una bambina sulla sinistra.

Mia madre aveva sorriso. Aveva indicato l'uomo e mi aveva chiesto: "Lui chi è?"

Avevo risposto: "Papà."

Poi aveva indicato la donna: "E lei?"

Avevo riso con quell'imbarazzo tipico dei bambini: "Tu."

Mi aveva baciato la fronte e aveva continuato a farmi domande. Aveva indicato il bambino e aveva detto in tono scherzoso: "E questa è Janna?"

L'avevo corretta immediatamente: "No! Quello è Jamal."

Aveva riso, aveva indicato la bambina e aveva detto entusiasta: "Ah, questa è la mia bellissima Janna, il mio tesoro."

Aveva allungato una mano sotto il mio braccio e aveva iniziato a farmi il solletico. Ero scoppiata a ridere mentre le sue dita si muovevano rapidamente. Avevo riso così tanto da perdere il fiato. Sentivo di non avere più le forze di ridere, e mamma si era fermata un po' per farmi riprendere fiato, ma poi aveva ricominciato a farmi il solletico.

Quando avevo smesso di ridere, mi aveva stretta forte tra le braccia. Aveva alzato il disegno davanti e me e aveva detto: "Sai cosa significa il tuo nome?"

Non avevo capito cosa volesse dire, e lei non aveva aspettato che rispondessi. Aveva fatto un cerchio con l'indice, racchiudendo tutto ciò che c'era nel foglio, e aveva detto: "Vedi tutte le cose belle del disegno? Questo è *Janna*, il paradiso. E tu, tesoro mio, sei il mio paradiso."

Non avevo la consapevolezza necessaria per risponderle, dall'alto dei miei cinque anni di età, ma sapevo perfettamente che, per me, era lei il mio paradiso.

Se potessi tornare a quell'istante, alzerei la mia manina, chiudendole la bocca, avvicinerei le mie labbra al suo orecchio e le sussurrerei: "Ti voglio bene." Ma il tempo non si può riavvolgere, e ciò che rimane dei bei momenti, anche se si ripetono e si somigliano, è solo la loro impronta e il loro sapore unico.

Oggi la mia mano non raggiunge la bocca di mia madre, ma il mio ventre, capace di trasferirle il mio amore con un tocco delicato in risposta ai suoi calci. E le mie labbra potranno anche non essere più capaci di vedere le sue orecchie e sussurrare loro, ma possono canticchiarle melodie per comunicarle il mio amore in maniera diversa.

Potrei fare una pazzia un giorno o l'altro, quando Amal sarà cresciuta e avrà raggiunto l'età che aveva mia madre allora: potrei tornare all'infanzia come ha fatto Zayd. Così mia madre potrà nuovamente prendermi e farmi sedere sulle sue gambe. Metterei la mia mano sulla sua bocca una seconda volta, mi avvicinerei al suo orecchio e le sussurrerei di nuovo: "Ti voglio bene, ti voglio bene, ti voglio bene, ti voglio bene."

Il tempo aveva sconvolto quel paradiso che avevamo disegnato insieme, ma quel momento era stampato nella mia memoria e continuava a vivere, così come era vivo quel disegno conservato in un cassetto del mio armadio.

Una delle sue caratteristiche più straordinarie era la sua capacità di custodire le cose a cui teneva. Che si trattasse di una scarpa, un vestito, o un utensile da cucina, mia madre si prendeva cura di ciò che possedeva. Le cose diventavano speciali in sua presenza. Le amava, le conservava e non le sostituiva fino a quando non era assolutamente certa della loro inutilizzabilità. Il suo proverbio preferito in assoluto era: "Meglio un uovo oggi che una gallina domani," e me lo ripeteva ogni volta in cui l'uovo che avevo in mano perdeva il suo fascino e la gallina mi sembrava molto più allettante. Continuava a ripetermelo, nel tentativo di insegnarmi l'importanza di accontentarsi. Aggiungeva un'altra frase a quel proverbio: "Il sapersi accontentare è un tesoro inesauribile."

Ma quel tesoro non era riuscito a prendere un posto fisso nel mio cuore. Mi faceva visita in alcuni brevi momenti e poi spariva, lasciandomi in preda al tormento, desiderosa di avere ciò che era lontano da me. Era come se le cose emanassero una luce particolare quando erano fuori dalla mia portata.

Poi, quando le afferravo e le avvicinavo a me, si spegnevano e perdevano significato. Mia madre mi aveva insegnato a conservare le cose e a non sprecarle, ma non era riuscita a farmi ereditare la sua arte di accontentarsi.

Con il tempo, avevo imparato a trasformare quel concetto: avevo smesso di considerarlo come felicità per quel che avevo, e avevo iniziato a vederlo come felicità per ciò che non avevo. Le cose che brillavano intorno a me e illuminavano il mio mondo, erano quelle lontane da me. Il desiderio di averle mi tormentava, ma mi forniva la motivazione necessaria a lavorare per raggiungerle. Sapevo che il loro splendore sarebbe scomparso nell'istante esatto in cui le avrei raggiunte, rendendo inutile il mio viaggio tormentato verso di loro. Tuttavia, sapevo pure che era un inganno necessario per motivarmi a vivere e farmi alzare ogni giorno per lavorare sul raggiungimento di quel sogno, per quanto il lavoro fosse arduo e il sogno lontano.

Una vita senza sogni è priva di significato. Ma la bellezza dei sogni sta nell'immaginarli, non nel realizzarli. Quando la vita diventa lunga come lo è oggi, e i desideri diventano facilmente raggiungibili, allora i sogni diventano strani, folli, privi di qualsiasi valore e logica. Sono come le stelle del firmamento, la cui bellezza è data dalla loro lontananza e dall'impossibilità di raggiungerle.

Passai la notte in cui avevo baciato Kamil a girarmi e rigirarmi nel letto. Era come se avessi una luce abbagliante puntata sulla mia coscienza. I miei pensieri erano paralizzati, e io ero caduta prigioniera di strane emozioni. Avevo lasciato che Zayd si addormentasse tra le mie braccia dopo avergli assicurato che lo amavo e sarei rimasta con lui. Ma il mio corpo non era riuscito a prendere sonno. Ardeva di desiderio, reclamava Kamil.

Quel bacio mi tormentava, e la mia coscienza mi rimproverava, perché non ero abituata a tradire Zayd, e non avrei permesso a me stessa di farlo dopo così tanti anni di matrimonio. Abbandonarlo mentre era in quello stato infantile era una cosa che non sarei mai stata capace di fare. Non potevo lasciarlo all'apice della sua virilità, e non l'avrei lasciato neanche una volta tornato adulto. Sapevo che la sorte l'aveva destinato a me. Non l'avrei tradito né lasciato.

Ma il mio corpo stava chiedendo ciò che mi era proibito. Per mia fortuna, il tempo mi aveva insegnato come gestire quelle richieste. Come al solito, quando venivo sopraffatta dal desiderio e mio marito non era lì per soddisfarlo, ero corsa in bagno, avevo chiuso a chiave la porta dietro di me, e avevo dato al mio corpo ciò di cui aveva bisogno.

Avevo una copia di Kamil nella mia immaginazione, in cui potevo raggiungerlo e non raggiungerlo, averlo e non averlo, tenerlo stretto ma non toccarlo.

Come con i sogni e le stelle del firmamento, mi godevo Kamil a debita distanza, senza saziarmi di lui, in modo che non perdesse il suo splendore.

Avevo riempito la vasca da bagno di acqua calda e avevo tolto camicia da notte e intimo. Mi ci ero distesa dentro, con il fiato corto per il desiderio. L'immagine di Kamil che mi baciava era fissa nella mia testa, ma volevo vedere più nitidamente il suo viso. Avevo sbattuto le palpebre per ruotare il proiettore verso la parete. Avevo cercato tra le foto di Kamil presenti nella sua scheda elettronica, avevo proiettato sul muro una foto in cui era particolarmente attraente, e l'avevo ingrandita in modo che mi sembrasse di averlo di fronte.

Avevo lasciato che la mia immaginazione vagasse liberamente, rivivendo la scena del bacio e aggiungendo altri dettagli. Muovevo Kamil a mio piacimento, e i suoi movimenti mi eccitavano. L'avevo immaginato più alto, e avevo alzato lo sguardo. Il fatto che io fossi anagraficamente più grande aumentava la mia attrazione nei suoi confronti. La sua giovane età gli donava una certa purezza, o superiorità, nel mio inconscio. Il suo interesse e la sua attrazione nei miei riguardi mi facevano sentire femminile, o forse erano la mancanza di razionalità di quel rapporto e il mio rifiuto di cedere fisicamente a un uomo con così tanti anni in meno ad alimentare il suo fascino e amplificare la mia eccitazione.

Mi aveva portata in braccio come una bambina fino al letto e aveva spalmato il suo corpo sul mio. Ero totalmente in balia di lui, non riuscivo a respirare.

Stava accadendo tutto nella mia mente. Nella realtà, muovevo la mia mano sotto l'acqua per raggiungere il Punto G, e ansimavo. Avevo aperto gli occhi per dare un'occhiata più attenta all'immagine di Kamil sulla parete di fronte a me. Dopo averli richiusi, avevo fatto più pressione sul Punto G e avevo ripreso a immaginare. Avevo sentito Kamil entrare dentro di me e la mia eccitazione crescere. La mia immaginazione era andata avanti fino a quando non ero stata colpita da raffiche di piacere, come fulmini dal cielo.

Ero rimasta lì a riprendere fiato, serena e con la testa leggera, lontana da Kamil e dalla sua attrazione per il mio corpo.

Mi ero ripulita, per poi tornare in camera e rimettermi a letto accanto a Zayd. Dormiva profondamente, ma avevo provato il desiderio di abbracciarlo. Gli avevo messo una mano sotto la testa e l'avevo avvicinata alla mia, mentre con l'altra mano l'avevo abbracciato. Gli avevo baciato la fronte e gli avevo sussurrato per l'ennesima volta: "Non preoccuparti."

Gli avevo preso la mano, gliel'avevo stretta e mi ero addormentata.

I passeggini erano messi in fila uno accanto all'altro sul palco. In ognuno di essi c'era un neonato. I maschietti erano avvolti in copertine azzurre, mentre quelle delle bambine erano rosa. Dietro ognuno di essi c'erano uomini e donne vestiti da infermieri, a rappresentare il bambino o la bambina del passeggino che reggevano.

Erano entrati da diverse parti del palco, accompagnati da una musica dolce. La conduttrice aveva presentato i bambini solo dopo che erano entrati tutti e era apparso il logo del programma.

Hilda aveva fatto alcuni passi per mettersi al centro, tra i passeggini. Si era rivolta al pubblico, dicendo: "I nostri coraggiosi concorrenti, nel corso degli ultimi mesi, hanno vissuto un'esperienza unica nel suo genere. Voi telespettatori li avete conosciuti da vicino, assistendo alle difficoltà che ognuno di loro ha dovuto attraversare nella propria vita passata. Vi siete immedesimati in loro e vi ci siete affezionati, seguendo il loro viaggio sensazionale verso una nuova infanzia.

"Oggi, cari telespettatori, i nostri concorrenti torneranno al primo giorno di vita. Stasera, ognuno di loro otterrà una nuova occasione per vivere, per sperare, per essere felice. Il team del programma è qui per dare il proprio supporto, e assicurerà a tutti i concorrenti pieno accesso all'assistenza sanitaria e la copertura dei costi relativi all'istruzione fino al raggiungimento dell'età adulta. Inoltre, uno di loro, scelto da voi, vincerà cinquanta milioni di dinari. Stasera, sarete voi a decidere chi rinascerà con un cucchiaio d'oro in bocca."

Stavo guardando la puntata seduta tra il pubblico in prima fila. Ero stanca a causa della pancia, che era cresciuta abbastanza da quando ero entrata nel quarto mese. Alla mia sinistra c'era Zayd, con il corpicino da bambino di dieci anni che aveva riacquisito dopo la fine del suo percorso. Alla mia destra, invece, era seduta la star libanese Sabah, anche lei lì per godersi l'ultima puntata.

Nonostante fossimo seduti in prima fila, la nostra visuale dei bambini era limitata. Non vedevo l'ora di dare un'occhiata da vicino a Omar, e speravo che fosse lui il fortunato a vincere tutti quei soldi. Avevo focalizzato il mio sguardo verso di lui per ingrandire la sua immagine con la mia lente digitale, ma la visuale dal posto in cui ero non era ottimale. Sugli schermi in studio era apparsa un'immagine fugace del suo viso. Il mio cuore ebbe un fremito quando vidi il suo viso angelico e le sue manine con le ditina strette a pugno.

Cosa ti sei fatto, Omar? Per poco non avevo urlato, provando una certa tristezza.

Hilda aveva dato il benvenuto a me, a Sabbuha e a diverse altre personalità presenti nel pubblico in sala prima di continuare con il programma.

"Telespettatori, vi lascio con un breve riassunto del percorso dei concorrenti all'interno del programma, e dopo ci sarà la pubblicità. Quando torneremo, leggeremo i loro testamenti e scopriremo quale sarà il neonato che Sabbuha deciderà di adottare."

Stavo per chiedere a Sabbuha se la sua scelta fosse ricaduta su Omar, ma mi vergognavo. Poi lei mi aveva sorpreso con una domanda: "Sei stupenda, la gravidanza ti dona proprio. È femmina, vero?"

Avevo riso, ringraziandola per le sue parole dolci.

"Di quanti mesi?"

"Quattro."

"Che bello. Che Dio ti dia la forza, tesoro mio, e ti faccia partorire in sicurezza. Hai sentito come dicono che faranno nascere i bambini?"

Non avevo capito cosa intendesse, e avevo scosso la testa.

Aveva ripreso: "Non ne hai sentito parlare? Tesoro, a quanto pare invece di portarli in grembo e partorirli, si sta diffondendo l'usanza di stamparli."

"Ah, sì, ho sentito. La gente è pazza!" avevo commentato, contrariata.

Aveva riso, aggiungendo: "Un tempo dicevano anche a me che ero pazza, ma oggi non c'è più nessuno sano di mente."

Aveva girato la testa verso il palco, rievocando vecchi ricordi. Poi mi aveva guardata e mi aveva detto ridendo: "Se solo avessi potuto stampare dieci copie del mio defunto marito Rushdy Abaza... Santo cielo!"

Hilda ci aveva interrotte, chiamando Sabbuha sul palco dopo la pubblicità.

"Sabbuha, il pubblico è sulle spine... Vogliono sapere chi hai scelto di adottare."

Lo sguardo di Sabbuha aveva vagato tra i passeggini, soffermandosi in direzione del passeggino di Omar. Si era avvicinata a lui con decisione. Il mio cuore batteva all'impazzata mentre la guardavo avvicinarsi. Speravo davvero che fosse lui il fortunato a essere scelto. Invece, l'aveva superato e aveva raggiunto la bambina nel passeggino accanto a lui. L'aveva presa delicatamente per poi tornare da Hilda e finire il discorso, accompagnata da un applauso fragoroso.

"Salma... Sabbuha ha scelto Salma! Telespettatori, Salma è la fortunata che verrà adottata dalla magnifica Sabah!" aveva detto Hilda con entusiasmo, mentre sugli schermi apparivano foto di Salma a diverse età.

Quando il pubblico si era calmato, Hilda aveva chiesto a Sabah: "Perché Salma?"

"Non lo so... Mi è entrata nel cuore. L'ho amata sin dalla prima puntata. Tutto quello che ha passato... Spero che Dio mi permetterà di rimediare e prendermi cura di lei" aveva risposto Sabah.

"Sabah, sappiamo che tu e Salma vi eravate precedentemente accordate sul fatto che l'avresti adottata. Avete concordato anche qualcos'altro. Ti va di dire al pubblico di cosa si tratta?"

"Salma voleva ricominciare da zero, voleva perfino cambiare nome," aveva risposto Sabah, con un velo di tristezza nella voce.

"Bene! Quale nuovo nome avete concordato tu e Salma?"

Sabah aveva aspettato un istante prima di rispondere, quasi esitante, per poi sorprendere il pubblico dicendo: "Huwayda."

"Lo stesso nome di tua figlia, che riposi in pace."

"Grazie," aveva risposto. Poi aveva ripreso tentennante: "Forse saprai, Hilda, e anche voi del pubblico saprete, che ho trascurato Huwayda. Ero distratta dalla mia carriera e dalla fama di allora. Nonostante provassi a dedicarmi a lei e farmi perdonare per essere sempre occupata, non sono riuscita a darle la stabilità emotiva di cui aveva bisogno. Questa volta sarà diverso. Prenderò una pausa dal lavoro, una lunga vacanza fino a quando non sarà cresciuta e non avrà più bisogno di me. Forse Dio mi sta dando una seconda chance, come ha fatto con lei. Spero di renderla felice come non sono riuscita a fare con Huwayda."

"Siamo sicuri che la renderai felice come hai reso noi con le tue bellissime canzoni e il tuo animo gentile in tutti questi anni passati," aveva ribattuto Hilda. Poi si era rivolta al pubblico: "Sabbuha annuncia che si prenderà una lunga pausa dalla musica qui a RINASCI CON UN CUCCHIAIO D'ORO. Salutiamo affettuosamente Sabbuha, la sua umanità straordinaria, la sua generosità, e la sua etica. Continuiamo tra pochissimo. Pubblicità."

Le parole di Sabah mi avevano scossa. Ci eravamo alzati tutti in piedi per salutarla a dovere. Avevo aspettato che scendesse dal palco e tornasse a sedersi accanto a me. Il mio corpo tremava per la commozione quando l'avevo abbracciata, congratulandomi con lei. Avrei voluto dirle che anche io, come lei, ero tormentata dalla nostalgia per i giorni passati. Io stavo provando a far tornare mia madre, così come lei stava cercando di riportare indietro sua figlia.

Mi ero persa nei miei pensieri, cercando di capire la forza di quel legame tra madre e figlia, che nessuna circostanza era capace di cambiare e il tempo non poteva cancellare. La voce di Hilda che mi chiamava mi aveva riportata alla realtà.

"Janna Abdallah, la scrittrice, ti dispiace raggiungerci sul palco?"

Mi aveva colto alla sprovvista, ma mi ero alzata decisa e avevo raggiunto il lato destro del palco a passi veloci. Avevo salito i pochi scalini presenti e mi ero avvicinata a lei, accompagnata dall'applauso del pubblico.

"Janna, benvenuta per la seconda volta nel nostro programma. Come sai, Omar ha lasciato un testamento prima di intraprendere il percorso verso l'infanzia. Il foglio in cui è contenuto è nelle tue mani in questo momento. Vogliamo che tu lo legga a voce alta."

Avevo aperto piano il foglio, impaziente di leggere il testamento di Omar. Avevo avvicinato alla bocca il microfono che mi aveva passato Hilda e avevo iniziato a leggere a voce alta:

"Mamma Janna. So che probabilmente non te l'aspettavi. Gli autori del programma ci hanno chiesto di scrivere un testamento, descrivendo la nostra vita futura, o i sogni che vorremmo si avverassero. Quando leggerai questa lettera, indosserò un pannolino e non saprò nulla, neanche come mi chiamo.

"Sono sicuro che se dovessi cercare qualcuno per ricoprire il ruolo di madre nella mia prossima vita, non incontrerei nessuno migliore e più affettuoso di te. So che non hai figli. Ho sempre sperato che Dio ti donasse un figlio per renderti felice. Oggi forse la mia preghiera verrà ascoltata, anche se in maniera atipica. Potrei essere io il figlio che ti ho sempre augurato di avere. So che la mia richiesta non è semplice, ma spero che accetterai... di essere mia madre."

Avevo cambiato il pannolino a Omar e gli avevo messo una maglietta gialla e dei pantaloni a righe di cotone. Gli avevo preso i piedini, li avevo baciati e mi ero goduta la sua reazione. Si era messo a ridere con una gioia tale da farmi battere il cuore, con l'innocenza di un bambino di tre mesi che stava scoprendo il mondo da zero. Gli avevo ripreso i piedi, baciandoglieli una seconda, una terza, e una quarta volta prima di mettergli le calzine e allattarlo.

Zayd era accanto a me e giocava con Omar. Gli avevo chiesto per la terza volta di andare a vestirsi in camera sua mentre io finivo di dar da mangiare a Omar, in modo da non arrivare in ritardo al corteo per manifestare contro la legge anti-suicidio di fronte al Parlamento.

Aveva fatto finta di nulla, continuando a giocare con il bambino. Un minuto dopo, mi aveva chiesto mellifluo: "Voglio una fetta di pane con la crema di HALAWA."

"Non ne hai appena mangiato una?" gli avevo risposto secca. L'avevo guardato dritto in faccia e gli avevo detto risoluta: "Dai, vai a vestirti e finirti di preparare. Do da mangiare a Omar e poi te lo preparo, il pane."

Ero sopraffatta dalla fatica dovuta al settimo mese di gravidanza: avevo mal di schiena, la pancia pesante mi sfiancava, il mio respiro si era fatto più greve e avevo le gambe gonfie come due zampogne. Le attenzioni che dovevo riservare a Omar richiedevano uno sforzo considerevole di per sé, per cui non potevo dar troppo conto a Zayd. Per quanto provassi a trattenere il mio nervosismo, a volte perdevo le staffe, soprattutto quando i suoi capricci si intersecavano con il pianto di Omar.

Il giorno prima avevo colpito Zayd per la prima volta, e avevo provato un profondo rimorso di coscienza subito dopo. Gli avevo chiesto diverse volte di togliere dal corridoio tutte le macchinine con cui giocava per non farmi inciampare mentre andavo in camera, e non mi aveva dato retta. Gli avevo chiesto anche di allontanarle dall'angolo giochi di Omar per evitare che se le mettesse in bocca, e aveva fatto l'esatto opposto. Prima ancora di questo, gli avevo detto anche di farsi il bagno e mettersi il pigiama, visto che era tornato sporco e madido di sudore dopo aver giocato a calcio nel vicinato, e mi aveva ignorata.

Avevo dato in escandescenze quando avevo visto Omar afferrare una di quelle macchinine e infilarsela in bocca. Ero andata in panico, e gli avevo messo subito un dito in bocca per cercare la macchinina. L'avevo tirata fuori, arrabbiatissima con Zayd. Avevo lasciato Omar in lacrime, avevo preso una ciabatta e ne avevo dato un colpo a Zayd sul sedere. Dopodiché, l'avevo trascinato in camera sua, sbattendogli la porta in faccia.

Ero tornata da Omar, l'avevo preso in braccio e avevo pianto insieme a lui. Dopo essermi calmata, ero entrata in camera e mi ero scusata con Zayd. Quel giorno, stavo cercando di far tacere il mio senso di colpa assecondando ogni sua richiesta.

Quando Hilda mi aveva sorpresa facendomi leggere il testamento di Omar, non sapevo cosa rispondere. Non avevo capito quanto fosse complessa la responsabilità che mi era stata data. Ero rimasta un attimo stordita, incapace di immaginare il significato di quella richiesta. Il silenzio assoluto del pubblico non aveva fatto altro che aumentare il terrore del momento. Era come se il tempo si fosse fermato e ciò che avevo intorno si fosse bloccato. Mi girava la testa e per poco non ero caduta a terra. Mi aveva fatto riprendere un po' di lucidità la domanda di Hilda: "Sta a te decidere, Janna. Dicci, accetti la richiesta di Omar oppure no?"

Mi ero subito stampata in faccia un sorriso smagliante per evitare qualsivoglia imbarazzo in diretta e avevo risposto: "Per me sarebbe un onore essere tua madre, Omar." Avevo guardato Hilda e le avevo detto: "Sai, Hilda, non ho mai avuto figli in vita mia, e adesso sono incinta di quattro mesi. Certo, non me l'aspettavo, ma sono sicura che Amal, nel mio grembo, sarà felice di avere un fratello maggiore che si prenderà cura di lei. Io ho perso mio fratello Jamal tre mesi fa, e so perfettamente cosa significhi per una ragazza avere un fratello."

Subito dopo aver finito di parlare, lo staff mi aveva avvicinato il passeggino di Omar. L'avevo guardato da vicino, con il cuore che batteva forte. Avevo provato un subitaneo istinto materno nei suoi confronti. L'avevo preso dal passeggino, tenendolo tra le mie braccia e stringendolo a me sotto i riflettori, mentre il pubblico applaudiva e fischiava.

Quella stessa sera, avevo avvertito un cambiamento inaspettato nel mio corpo quando l'avevo preso di nuovo in braccio nel soggiorno. Era come se la natura avesse percepito l'accaduto e mi avesse preparata per lui. Mi si era gonfiato il seno come non mi era mai successo. Avevo guardato la maglietta, trovandovi alcune gocce di uno strano liquido. Nonostante fossi ancora ai primi mesi di gravidanza, e non credevo proprio che il mio seno potesse produrre latte, lo sentivo fuoriuscire dai capezzoli. Più tardi, avevo letto che veniva chiamato colostro, un latte denso simile a crema prodotto dal seno prima di iniziare a produrre latte materno.

Però, in quel momento, il latte scorreva fluido, e la bocca di Omar in cerca di cibo era a qualche centimetro dal mio seno. Non avevo pensato all'assurdità della cosa o al fatto che Omar era comunque un estraneo per me. Mi ero lasciata guidare dal richiamo della natura. L'avevo avvicinato a me, felice della smania con cui cercava la sua fonte di cibo. L'avevo allattato come se fosse una cosa normalissima.

Provavo una sensazione strana ogni volta in cui lo guardavo. Era come se sentissi un dovere nei suoi confronti mai avvertito prima. Io la vedevo così: non aveva vinto il primo premio del programma, però aveva vinto me; per cui, avevo il dovere di dimostrargli che valevo più di tutti quei milioni.

A volte mi sembrava che il suo passato non fosse altro che un'illusione, un sogno o una finzione, e che quell'illusione si trovasse solo dentro la mia testa per motivarmi a prendermi cura di lui incessantemente, e assicurargli serenità e felicità. Una nuova consapevolezza si era fatta strada dentro di me: Omar era mio figlio, non aveva avuto un'altra vita, non aveva mai sofferto. Era la prima vita che conosceva, non ne avrebbe conosciuto altre, e io avrei lavorato affinché vedesse solo amore, felicità, divertimento e piacere.

Dopo aver finito di allattarlo, l'avevo posato sulla mia spalla passeggiando avanti e indietro per fargli fare il ruttino. Avevo preparato la fetta di pane continuando a tenere Omar sulla spalla, poi avevo chiamato Zayd. Era arrivato in men che non si dica, vestito e pronto per uscire. Gli avevo chiesto di mettersi un cappellino per evitare un'insolazione. Avevo finito di vestire Omar con un maglioncino lavorato all'uncinetto, poi l'avevo messo nel passeggino. Mi ero assicurata di avere tutto il necessario per dar da mangiare a Omar durante quelle poche ore fuori casa, pannolini, e un cambio di vestiti. Avevo aperto la porta, avevo dato il passeggino a Zayd, visto che voleva portarlo lui, ed eravamo usciti tutti e quattro insieme.

La strada era affollatissima quando arrivammo alla sede del Parlamento a al-Abdali. Era una giornata soleggiata di un pomeriggio primaverile di maggio, accompagnata da una piacevole brezza. La folla era divisa in due gruppi: quello a supporto la decisione stava dal lato del Parlamento, mentre quello contrario stava dalla parte opposta della strada. Avevo cercato con lo sguardo uno spazio libero in cui poterci infilare, tra gli oppositori, e avevo individuato un grosso ulivo. Avevo spinto il passeggino di Omar verso quella direzione, avvisando Zayd: "Rimani vicino, non allontanarti da me."

Il lato della strada in cui era riunito il gruppo contrario era disseminato di bare simboliche. Dentro ognuna di esse giaceva un uomo o una donna, fingendosi un cadavere. Su ognuna di esse vi era il nome di una persona realmente esistita, insieme alle date di nascita e di morte:

Huda Muhammad 'Abd al-Rahman (1980 – 2053)
73 anni

Muhammad 'Abd al-Karim (1965 – 2027)
62 anni

Wala 'Adil Mustafa (1930 – 1980)
55 anni

Sopra le bare era stato appeso un mega striscione, sul qual c'era scritto a caratteri cubitali:

La vita "naturale" di un essere umano supera raramente i
cent'anni
La morte è un diritto, la morte è una scelta, la morte è libertà

Alcuni manifestanti indossavano delle magliette con degli slogan, per esempio: "La morte è sacra", "Sono libero", "Voglio invecchiare", "La giovinezza è una fase, non un cimitero", "La vecchiaia è dignitosa", e così via. Urlavano tutti all'unisono: "La morte è una scelta, e la vita è una scelta. È un nostro diritto avere la libertà di scegliere." Avevo alzato la voce per urlare con loro mentre leggevo gli slogan di quelli del lato opposto.

La vecchiaia è una malattia che prosciuga le finanze del Paese

La morte è competenza di Dio, non una libera scelta

Non hai deciso di vivere quando sei venuto al mondo. Perché dovresti avere il diritto di scegliere di morire?

E gridavano a pieni polmoni: "*Haram*[5]! *Haram*! *Haram*! Suicidarsi è *haram*!"

Avevo visto Kamil, accanto a Jihan, dall'altra parte della strada. La sua altezza lo distingueva dalla massa e lo rendeva ancora più attraente. Indossavano entrambi occhiali da sole che limitavano il loro raggio visivo. Anche io ne indossavo un paio, quindi avevo evitato di alzare la mano per salutarli da quella distanza. Tuttavia, qualche istante dopo Kamil mi aveva vista e aveva alzato la mano per salutarmi. In un primo momento non ero sicura se stesse salutando me o qualcuno dietro di me. Avevo alzato la mano in risposta, esitante. Jihan era immobile accanto a lui, e guardava nella mia direzione senza reagire in alcun modo, come se non mi avesse vista o mi stesse ignorando. Qualche minuto dopo, l'aveva trascinato via, sparendo in mezzo alla folla.

Poco dopo era arrivato un gruppo abbastanza numeroso di manifestanti. Indossavano abiti neri con delle stampe di scheletri. Ognuno di loro aveva un bastone in mano, il cui pomello era un teschio umano. Avanzavano selvaggiamente, il che aveva reso Zayd ancora più curioso di scoprire cosa ci

---

5 Con questo termine si indica tutto ciò che è "proibito", o che viene considerato "peccato" in ambito religioso.

fosse in una delle bare. Si era accostato per osservarla da vicino. Sembravano aspiranti suicidi che si spingevano a caso tra loro e urtavano chiunque capitasse loro a tiro con noncuranza. Quando uno di loro era finito sopra Zayd e l'aveva spinto, continuando per la sua strada, mi ero ritrovata a urlare: "Ma siete pazzi, pazzi! Ci sono dei bambini qui." Avevo chiesto all'uomo accanto a me di tenere d'occhio Omar e mi ero precipitata a tranquillizzare Zayd. L'avevo aiutato a rialzarsi e gli avevo chiesto se fosse tutto a posto.

Avevo esaminato il suo corpo per assicurarmi che non avesse nessun tipo di frattura o ferita profonda. Gli faceva male la mano destra a causa di un graffio superficiale. L'avevo preso ed eravamo tornati al nostro posto sotto l'albero. Avevo cercato un fazzoletto nella borsa, l'avevo inumidito con del disinfettante e avevo pulito la ferita di Zayd. Gli avevo chiesto di rimanere accanto a me.

Mi ero seduta su una sedia in legno accanto all'albero, un po' tesa. Mi preoccupava che i miei bambini si trovassero in un luogo pieno zeppo di bare e tizi macabri con in mano dei teschi. Io ero andata lì per onorare Jamal, non perché amassi la vecchiaia. Ero lì presente in difesa della libertà, non di un desiderio di morte.

Avevo guardato la foto gigante di Jamal sopra il passeggino di Omar, e avevo ripensato alla mia sofferenza la notte in cui se n'era andato. Quanto era stato difficile per me perderlo quel giorno, e quanto erano state dolorose le settimane successive! La risata di Omar che interagiva con il ragazzo accanto al suo passeggino e giocava con lui aveva risuonato nelle mie orecchie. Avevo sentito Zayd, seduto accanto a me, gemere tenendosi il braccio infortunato. I calci leggeri di Amal nel mio ventre mi avevano fatto tornare in me.

Era come se mi fossi improvvisamente resa conto di qual era davvero il mio desiderio, che avevo cercato di negare in onore di Jamal e in difesa della libertà di decidere. Nonostante io avessi sempre visto la vita di ognuno come un diritto personale su cui poteva mettere bocca solo la persona a cui quella vita apparteneva, in quel frangente avevo scoperto di essere spinta da un egoismo materno. Una madre secondo cui la morte dei suoi figli non avrebbe mai potuto essere giusta, anche se ciò significava ledere la loro libertà e il loro diritto di scelta. Ero diventata una madre pronta a combattere contro il mondo intero pur di passare anche solo un istante in più con Zayd, Omar o Amal. Una madre che riteneva non ci fosse niente di male nello strappar via la libertà di scegliere tra la vita e la morte ai propri figli.

In quel momento, mi promisi che non sarei rimasta impotente accanto al letto di morte di nessuno di loro, come invece avevo fatto quella notte con Jamal.

Avevo raddrizzato la schiena, nonostante il peso della pancia. Avevo alzato la testa, sicura della mia scelta di vivere. Avevo guardato Zayd e gli avevo detto: "Seguimi."

Avevo preso il passeggino di Omar e avevo attraversato la strada. Mi ero messa lì con orgoglio, felice di aver infranto i miei principi in nome dei miei desideri.

Qualche minuto dopo mi ero ritrovata a urlare a squarciagola: "*Haram*! *Haram*! *Haram*! Suicidarsi è *haram*!"

Quando la manifestazione era vicina alla conclusione, Kamil era sbucato fuori dalla folla. Si era avvicinato e mi aveva stretto la mano, poi aveva fatto la stessa cosa con Zayd, salutandolo. Mi aveva chiesto come mai fossi passata dal lato degli oppositori a quello dei sostenitori della legge. Si era complimentato per aver avuto il coraggio di prendere quella decisione cruciale e di aver percorso quella distanza tra i due gruppi, ognuno intento a difendere la propria idea con passione e trasporto. Mi aveva informata che i risultati delle votazioni appena avvenute all'interno del Parlamento erano a nostro favore, e mi aveva invitata a festeggiare con alcuni dei vincitori in un bar della Cittadella di Amman.

Era difficile rifiutare la proposta di Kamil, quando me l'aveva chiesto in modo tanto gentile. Era ancora più difficile per me rifiutare in quel preciso momento, visto che mi sembrava ancora più attraente a causa dell'euforia della vittoria. Però ero stanca, e non sapevo se fosse giusto andare con loro e portare anche i bambini oppure no.

Ma non aveva desistito. Si era rivolto a Zayd per cercare di portarlo dalla sua parte: "Zayd, che ne dici? Hai mai assaggiato il loro gelato? È pazzesco!" Aveva preso il passeggino di Omar e aveva iniziato a spingerlo. "Dai, Janna, non rimanere indietro. E poi, sono sicuro che anche Amal vuole un po' di gelato."

Mi ero arresa, e gli ero andata dietro titubante. A un certo punto avevo visto Jihan in mezzo alle persone che si stavano preparando per andare al bar. Ci aveva visti anche lei, e ci era venuta incontro. Si era avvicinata risoluta, senza degnarmi di uno sguardo. Quando era abbastanza vicina, aveva guardato Zayd, e aveva sussultato esclamando: "Zayd?! Cos'hai combinato? Non ti avevo riconosciuto!" Gli aveva stretto la mano e l'aveva abbracciato, poi si era staccata per avvicinarsi a Omar. L'aveva osservato in silenzio, poi aveva commentato pungente, tra le risate: "Tre, Janna? Tre??? Che Dio ti aiuti!"

Poi si era girata verso di me e mi aveva chiesto: "Come va la gravidanza? A che mese sei?"

"Settimo."

"Che bello, fatti forza. Tutta la famiglia è impaziente di vedere la bimba."

Non mi sentivo a mio agio nel parlare con lei, men che meno nel rispondere alle sue domande su mia figlia. Mi parlava con tono autorevole, come se fosse responsabile per me e per mia figlia!

"Venite con noi?" mi aveva chiesto senza aspettare una risposta. Si era rivolta a Zayd, aveva indicato il punto d'incontro nei pressi dell'autobus e aveva detto: "Dai, Zayd, l'appuntamento è lì. Seguimi. Non attardarti."

Ci avevamo messo un quarto d'ora per arrivare alla Cittadella. Jihan aveva scelto un tavolo con vista sulla città. Ci eravamo seduti attorno a esso come se fossimo un'unica famiglia, fingendo che non ci fosse un caso giudiziario aperto tra noi. Jihan non mi aveva parlato più di tanto, così come io avevo cercato di evitare di parlarle. Avevo lasciato che interrogasse Zayd sul suo avventuroso ritorno all'infanzia e sulle emozioni che l'avevano accompagnato durante quel viaggio.

Omar dormiva quando Kamil si era allontanato per andare nel bagno all'entrata del bar.

Quel giorno il cielo era limpido e il clima era gradevole. Il sole si stava spostando, come ogni altro giorno, verso ovest. La città sembrava silenziosa dalla cima della montagna in cui eravamo. Niente squarciava la sua tranquillità, a parte i dipinti surrealisti realizzati dagli uccelli nel cielo. La storia della città si rifletteva nei suoi edifici, antichi e moderni, assemblati in modo casuale per dar forma al paesaggio unico di Amman. Al centro della città c'erano i palazzi altissimi; sui suoi monti, invece, gli edifici erano bianchi e bassi, caratteristici dell'Amman del passato.

Prima ero solita inchinarmi di fronte all'eternità di quella vista. Mi consideravo un'ospite di passaggio, un soffio che si sarebbe disperso tra le pieghe del tempo, o un raggio di luce destinato a scomparire. Tuttavia, in quel momento, ero consapevole della mia presenza, e stavo celebrando la mia esistenza sempiterna, esattamente come questa città, come questo cielo.

La voce di Jihan che giocava con Omar mi aveva riportata alla realtà. L'avevo guardata e avevo mormorato: "Jihan, come al solito."

Magari ero destinata a essere bloccata con lei al momento, e forse sarebbero passati diversi giorni mentre si preparava ad affrontarmi. Poi avrebbe lottato contro di me per le persone che amavo, e me le avrebbe portate via. Ma anche io mi sarei preparata ad affrontarla, sarei stata alla sua altezza, continuando a ripetermi: *lei sarà anche la diavolessa, ma io sono il paradiso. E se lei ha scelto la terra come sua dimora, io scelgo di essere il paradiso in terra.*

Non appena avevo deciso che sarei stata il paradiso che avevo sempre sperato di essere, il rimbombo di un'esplosione devastante me l'aveva portato via. Un rumore infernale che mi aveva scosso il cuore, così come aveva fatto con la città di fronte a me.

Le persone intorno a me si erano precipitate verso il fianco della montagna, in cerca dell'origine dell'esplosione.

Pochi istanti dopo ne era arrivata una seconda, poi una terza e una quarta. Le fiamme del fuoco che divampava avevano ricoperto il cielo sopra la città. Sembrava una scena di un film di fantascienza. Si diffuse il panico. La gente urlava e cercava di mettersi in contatto con parenti e amici che si trovavano nelle aree delle esplosioni per assicurarsi che stessero bene.

Io invece mi ero alzata come un fulmine, stringendomi a Zayd e Jihan, che a sua volta stringeva forte al petto Omar, terrorizzata. Le avevo preso la mano e avevo abbracciato Zayd.

Ci fu un'altra esplosione, stavolta vicina. Avevo sentito il mio corpo balzare in aria e ricadere un metro più indietro. L'impatto con il suolo mi aveva causato una fitta atroce alla schiena, ma avevo represso le urla di dolore e al loro posto avevo gridato i nomi di Zayd e Omar.

Zayd era sdraiato a pochi passi da me. Era illeso. Si era alzato, avvicinandosi a me. Quanto a Omar, era ancora protetto dall'abbraccio di Jihan, che non l'aveva lasciato andare nonostante il suo corpo fosse stato spinto all'indietro e fosse caduta a terra come me.

Avevo sospirato, sentendomi in un certo qual modo sollevata nel sapere che stavano bene. Poi, all'improvviso, mi era venuto in mente Kamil. Avevo urlato: "Jihan! Kamil?!" E poi avevo iniziato a piangere e lamentarmi: "Non Kamil... No..."

Avevo provato a mettermi in piedi, ma non ci ero riuscita. Il dolore alla schiena si era acuito e l'avevo sentito arrivare al ventre. Avevo chiesto aiuto urlando, e Jihan si era avvicinata. Mi aveva preso la mano, chiedendomi cosa mi facesse male. Non riuscivo a parlare a causa del dolore atroce, ma ero riuscita a dire con difficoltà: "Jihan... Sto per partorire."

Qualche secondo dopo avevo sentito del liquido colare tra le mie gambe. Avevo urlato per la paura, cercando di prendere fiato tra le doglie. Jihan aveva chiesto a gran voce se ci fosse un dottore tra i presenti. Non si era fatto avanti nessuno.

Stavo per perdere i sensi a causa del dolore, quando era apparso Kamil, con il volto sporco di sangue. Era corso accanto a me per assicurarsi che stessi bene. Aveva chiesto alla folla di allontanarsi da me per permettermi di respirare. Mi aveva preso per le spalle, dicendomi che ero in buone mani. Aveva detto di essersi esercitato nel parto durante un corso da infermiere che aveva frequentato quando andava all'università.

"Janna, non temere. Sono qui. Faremo nascere Amal insieme."

Aveva chiesto immediatamente un recipiente con dell'acqua tiepida e mi aveva messo un cuscino sotto la schiena. Mi aveva preso una mano e aveva iniziato a respirare insieme a me: "Uno, due, tre, uuuuuf... Uno, due, tre, uuuuuf..." fino a quando non avevo sentito Amal farsi strada verso questo mondo.

L'avevo sentita uscire dal mio ventre e venire alla luce. L'avevo ascoltata vagire tra le mani di Kamil, e mi ero rilassata. L'avevo lasciata in buone mani, e avevo perso conoscenza.

Sono passati vent'anni. È stato un periodo difficile per il Paese. Quell'attacco terroristico ha minato il nostro senso di sicurezza. Ci ha ricordato l'imminenza della morte, facendoci rendere conto della capacità dell'essere umano di creare e distruggere. Ci ha riportati a una scena del recente passato in cui alcuni gruppi terroristici avevano diffuso il caos nei Paesi Arabi. Siamo entrati in una nuova fase di lotta al terrorismo che ci ha resi prigionieri del disordine di questo mondo.

L'essere umano è strano: nonostante i progressi scientifici, tecnologici e culturali, nonostante lo sfruttamento delle risorse terrestri e la costruzione di palazzi monumentali, il controllo delle malattie che in passato erano mortali, e l'essersi sottratto alla vita limitata che ha caratterizzato la sua presenza sulla terra per migliaia di anni, continua a essere prigioniero di ideologie che potrebbero portarlo dal paradiso all'inferno in un battito di ciglia.

Anche io ero prigioniera di quell'epoca. Avevo preso coscienza del mondo, del mio essere madre di tre bambini che l'universo aveva gettato lungo il mio tragitto con la sua solita brutalità, lasciandomi a combattere contro il mondo per proteggerli.

Quegli eventi disastrosi mi avevano avvicinata a Jihan, anche perché il tribunale aveva sentenziato in suo favore. Il mio peggior incubo si era avverato quando si era presentata davanti alla mia porta con in mano la decisione della corte di darle l'affido congiunto di Amal. Era convinta che avrei dovuto condividere mia figlia con lei come era successo con Jamal in passato. Avevo iniziato a vedere ogni giorno un po' più di lei in Amal. Nonostante il suo corredo genetico fosse quello di mia madre, Amal era cresciuta come un individuo a sé: era l'immagine spiccicata di mia madre, ma aveva un po' del mio spirito, e un sacco della piccantezza tipica di Jihan, che l'aveva abituata a chiamarla "mamma", e aveva instaurato con lei un legame speciale del quale continuo a essere gelosa.

Amal vedeva qualcosa in Jihan che io non riuscivo a vedere. La difendeva ogni volta in cui la criticavo, e sosteneva che aveva un cuore d'oro nascosto sotto la sua forza e la sua arroganza. Sembrava che avesse bevuto lo stesso intruglio magico ingurgitato da Jamal il giorno in cui aveva posato gli occhi su Jihan per la prima volta. La amava, rispettava e ammirava. Forse aveva preso da lei quelle caratteristiche che a me mancavano, come la schiettezza, il coraggio, la determinazione di fronte ai propri bisogni e desideri. O forse erano la mia eccessiva apprensione e la mia ansia costante a spingerla a cercare una sostituta che le desse più fiducia nella sua identità e nella sua esistenza. Per cui, nonostante rifuggissi da quelle caratteristiche di Jihan, mi ero abituata a esse e le amavo in Amal.

Quanto a Omar, era la luce dei miei occhi e il re del mio cuore. Facevo in modo che ogni giorno compensasse la sua vita passata. Lo inondavo di tutto ciò di cui aveva bisogno, e anche di ciò di cui non aveva bisogno. L'avevo fatto diventare un borghesotto: elencava i nomi delle grandi firme di tutto il mondo con più facilità dei nomi delle nazioni del globo. Sorridevo tutte le volte in cui lo vedevo lamentarsi perché si annoiava o si innervosiva a causa della sua poca pazienza, o quando cercava di sottrarsi dal fare qualcosa che era stato incaricato di fare. Somigliava al se stesso della sua vita precedente, e allo stesso tempo non gli somigliava per nulla. Era allegro e innamorato della vita, ma con un'aria da aristocratico ben lontana da quella di asceta che emanava prima.

Non l'avevo mai messo a conoscenza del suo passato. Avevo lasciato che crescesse con un nuovo stampo e con un amore diverso per la vita. Era diventato ancora più alto di quanto non fosse stato, e aveva una luce negli occhi mai vista prima.

Il mio rapporto con Zayd, poi, era più complicato che mai. Era difficile per noi capire i grandi cambiamenti che comportava il passaggio dal rapporto tra marito e moglie a quello tra madre e figlio. Discutevamo sempre, e avevamo avuto bisogno di un lungo periodo di terapia per tornare come prima. Avevamo fatto ricorso alla biotecnologia per farci impiantare i sentimenti che avrebbero rafforzato il nostro matrimonio, ma, nonostante ciò, continuavamo a essere preda di quel vortice di passioni che a volte ci avvicinava, altre ci allontanava. Tutt'ora, continuo a chiedermi se sia la persona giusta per me, oppure no.

Kamil se n'era andato poche settimane dopo la nascita di Amal. Jihan l'aveva mollato dopo essersi stancata di lui. Credo che fosse diretto in Australia. Da quel momento, non ci eravamo più sentiti. Nessuno dei due aveva mai provato a mettersi in contatto con l'altro. Era come se fosse passato una seconda volta a dare un po' di luce alla mia vita, per poi scomparire nel nulla.

Quanto a me, sono ancora qui, in questo mondo, e cerco di afferrare le stranezze che getta lungo la mia strada ogni giorno. A volte, la nostalgia per il passato prende il sopravvento, altre vengo avvolta dalla speranza di un futuro più felice. Eppure, sono qui, e rimarrò qui, come ero e come sarò: Janna, paradiso in terra.

Indice

Nota dell'autore   5

1. Il compleanno di Jamal   7

2. La legge   15

3. Ritorno all'infanzia   22

4. Settant'anni   28

5. Il ritorno di mamma   32

6. Non voglio figli   37

7. Ore, ore   41

8. La stessa scena   47

9. Il dominio della vita   54

10. Il disappunto di Zayd   60

11. Un altro tipo di eredità   66

12. Portale spirituale   74

13. La vita dal grembo della morte   77

14. Libertà personali?   86

15. Il giovane Omar   93

16. Un addio come si deve   99

17. Letto di morte   105

18. Condividere la mia fortuna con lei   113

19. Un cambiamento radicale   121

20. Le porte dell'inferno   129

21. Sabbuha infiamma il palco   136

22. Sfere di carne   139

23. Gli amici di Zayd   147

24. Mia madre è il mio paradiso   151

25. Il frutto proibito   155

26. L'ultima puntata   158

27. Decisione materna   164

28. Paradiso in terra   172

Epilogo   177

Editing e formattazione di Alda Teodorani
Immagine di copertina di Paolo Castelluccio